Le Livre de Poche Jeunesse

LES DÉTECTIVES DE L'ÉTRANGE

Xavier Müller

Les détectives de l'étrange

1

Deux silhouettes encapuchonnées

Paris, 1920

Les deux formes surgirent à l'aube, à l'heure où naissent les ombres. Elles étaient vêtues de bures rousses dont le capuchon tombait sur leurs yeux. Des chauffeurs pilèrent pour les laisser passer, pensant céder le chemin à des moines en retard à un service religieux. Mais en réalité aucune prière n'attendait ces deux êtres.

Leur véritable destination se situait à quelques ruelles pavées de là, derrière la vitrine d'un magasin où se livrait une âpre bataille.

— L'infanterie, tous avec moi. Chargeeez !

La personne qui venait de sonner la charge n'était pas un militaire mais un enfant de soixante-trois ans, Isidore Guillermot. Il tenait au fond d'une cour du

11ᵉ arrondissement de Paris une boutique de figurines en plomb. En cette année 1920, la Grande Guerre était encore dans toutes les têtes et, conséquence inattendue, les soldats de plomb remportaient un vif succès auprès des jeunes et des moins jeunes, Isidore le premier. Une façon comme une autre pour eux de ramener à la vie les morts des tranchées.

Isidore avança l'armée napoléonienne. Face à elle se déployaient les cavaliers, fantassins et canons austro-russes. Les deux camps totalisaient plus de deux cents figurines. Une misère comparée aux 160 000 hommes qui avaient croisé le fer lors de la véritable bataille d'Austerlitz. Mais de par la précision des détails, la reconstitution représentait un chef-d'œuvre dont Isidore tirait une fierté sans bornes.

Isidore s'apprêtait à déplacer le camp austro-russe quand on tapa du pied sur le plancher au-dessus de lui.

— Isidore ! grommela-t-on, c'est pas dans tes figurines que tu devrais mettre du plomb, c'est dans ta cervelle. Vas-tu finir par monter te coucher !

C'était sa femme Henriette. Isidore avait conscience qu'il était près de six heures du matin – les rayons du soleil commençaient à percer à travers les volets à claire-voie de son magasin. Mais il se moquait que sa femme le trouve trop âgé pour passer la nuit à jouer avec des soldats de plomb. Comme un leitmotiv – et aussi par défi envers Henriette – , il se répétait régulièrement qu'il continuerait ainsi jusqu'à la mort. Et en ce jour, rien ne pouvait lui donner plus raison.

Isidore s'abstint de répondre : Henriette finirait par se rendormir et lui ficherait la paix. Il fit craquer les os de sa nuque et reprit l'assaut. Cette fois, c'est un coup porté sur les volets qui l'interrompit.

— Flûte ! pesta-t-il.

À travers le volet, il vit deux moines scruter l'intérieur du magasin. Ils étaient habillés d'une longue bure qui descendait jusqu'aux chevilles. Le plus proche de la vitrine était d'une corpulence hors du commun.

Isidore avait déjà eu affaire à des moines du monastère situé à trois rues d'ici. Il avait notamment réparé pour eux un christ en bronze amputé d'un bras – probablement par un gamin assez idiot pour penser qu'il pourrait s'en servir pour forger des figurines. Mais il n'y avait jamais eu urgence au point que les moines requièrent son intervention un dimanche, avant le chant du coq. Si les curés eux-mêmes ne respectaient pas le jour du Seigneur…

— C'est fermé, cria-t-il en secouant l'index.

Le moine massif frappa de nouveau sur le volet. « Sont-ils sourds ? », songea Isidore. Il remonta le volet, puis entrouvrit la porte de la boutique, juste assez pour passer la tête.

— C'est fermé, répéta-t-il. Revenez demain.

— Nous sss'avons un sss'ervice à vous demander, mon filsss, fit le moine large d'épaules.

Il parlait lentement et avec une espèce de sifflement

qui lui conférait des accents de serpent. On s'attendait à voir une langue fourchue jaillir de sa bouche. Isidore remarqua que le dos de sa bure était rebondi, comme s'il était bossu. Il lui rappela Quasimodo, le personnage de *Notre-Dame de Paris*.

— Qu'est-ce que vous voulez ? grogna Isidore, sans masquer son irritation.

— Vous posssédez des pièssses qui nous intéresssent, répondit-il. Que Dieu nous pardonne, notre ssseul péché c'est ces ssstatuettes de métal qui font votre réputation. Si vous nous laisssiez admirer ces pièssses, nous vous en ssserions très reconnaisssants.

Isidore leur proposa à nouveau de revenir le lendemain. Les moines lui rétorquèrent qu'ils devaient reprendre le chemin de leur lointaine abbaye ; ils n'étaient que de passage. Isidore les fit entrer à contrecœur.

— Mais dépêchez-vous, j'étais plongé dans mes comptes, ajouta-t-il.

Le moine au sifflement se mit à parcourir les étagères du magasin, semblant chercher des figurines en particulier. Les mains profondément enfoncées dans les poches de sa bure, son comparse le suivait de près, tel un valet. Il boitait et sa jambe émettait un grincement métallique.

— Est-ce la bataille d'Austerlitz ? demanda le moine au sifflement, qui s'était arrêté devant la reconstitution.

Isidore hocha fièrement la tête.

Le moine au sifflement tendit la main vers un cavalier napoléonien sans oser le toucher. Il avait manifestement trouvé l'une des pièces qu'il cherchait. Isidore se souvint qu'enfant, il avait réagit identiquement avec son premier soldat de plomb. Il l'avait posé en haut d'une étagère, sans y toucher pendant deux semaines, de peur de l'abîmer.

— Allez-y, mon père, l'encouragea-t-il. Ils ne sont pas en sucre.

Le moine saisit le cavalier et fit galoper la figurine dans les airs. Isidore pouvait l'entendre prononcer dans sa tête : « Tagada-tagada-tagada ».

Isidore cligna les yeux pour être sûr de ce qu'il voyait.

« Ça ne peut pas être vrai. Tes sens te trompent, vieux schnock », se dit-il en se massant le front.

Mais l'illusion recommença : le cheval de plomb fouettait l'air de sa queue. Les crins, assemblés auparavant en une masse compacte et rigide, se dissociaient et s'animaient avec la souplesse d'une étoffe. Isidore secoua la tête, mais dut se rendre à l'évidence : un souffle de vie s'emparait bel et bien de l'animal. Sa croupe, ses cuisses, sa crinière, tout son corps se mettait à bouger.

— Bon sang !

Et en plus, il grandissait !

Parvenu à la taille d'un poney, le cheval souleva ses sabots un à un. Emprisonnés dans le socle métallique, ils résistèrent d'abord, puis finirent par se détacher en craquant. La monture se cabra puis rua. La petite figurine en plomb ne fut bientôt plus qu'un lointain souvenir. À sa place se dressait un magnifique étalon au pelage luisant.

Isidore posa sa main sur le flanc du cheval et sentit le tac-tac régulier d'un cœur qui battait. « Il vit ! », songea le commerçant.

Isidore constata que la métamorphose n'avait pas épargné le cavalier. Il paraissait groggy, mais bien vivant. Son visage n'arborait plus le rose un peu fade avec lequel on peint les minois des figurines de plomb, mais le teint carné de la peau humaine. Autour de lui, d'autres chevaux et soldats avaient, eux aussi, entamé l'extraordinaire transformation. Sous les sabots des chevaux qui ruaient, la boutique devenait un capharnaüm d'étagères renversées.

— Qu'est-ce que c'est que ce raffut ? rugit la femme d'Isidore en descendant l'escalier.

— Viens voir, Henriette, vite ! s'écria-t-il.

Sa femme apparut. L'échancrure de son peignoir laissait entrevoir un soldat en or monté en pendentif. Une chevelure blonde cascadait sur ses épaules – tout aussi extraordinaire, vu l'âge de la dame, que la métamorphose du cavalier. Henriette Guillermot était d'un naturel blasé, mais voir les figurines de son mari se transformer en véritables chevaux lui coupa le souffle.

— Viens en toucher une, dit Isidore. C'est un miracle, elles sont vivantes ! Mes figurines !

Mais Henriette ne bougea pas. De l'étonnement, son expression était passée à l'épouvante. Elle se signa.

— C'est un maléfice, Isidore…

— C'est ce moine qui a réalisé ce prodige.

— Je me moque que ce soit ce moine, fulmina-t-elle tout en s'emparant d'un tabouret. Seul Dieu donne la vie !

Avec le tabouret, elle voulut menacer le moine au sifflement et lui ordonner de stopper ses diableries. Mais celui-ci se retourna, attrapa Henriette par le cou et l'envoya valdinguer, arrachant au passage le pendentif en or qui retomba plus loin. Henriette alla cogner contre une étagère, qui déversa sur elle une pluie de figurines.

— Henriette ! s'inquiéta Isidore.

La femme remit en ordre sa chevelure et fit signe à son mari que ça allait.

— Ces créatures viennent de l'enfer, Isidore…

Henriette ne vivrait pas assez longtemps pour s'en rendre compte, mais elle se trompait sévèrement. Ces êtres ne venaient pas plus de l'enfer qu'il ne lui restait de cheveux sous sa chevelure blonde, une simple perruque en réalité.

Les faux moines quittèrent la boutique, accompagnés des premiers chevaux à s'être éveillés, et se rendirent au fond de la cour. Les autres cavaliers les rejoignaient à mesure qu'ils sortaient de leur chrysalide métallique. Le régiment bientôt amassé bouillonnait d'excitation, faisant régner le même tumulte que deux cents ans auparavant sur l'herbe gelée des plaines de Moravie, lors de la bataille d'Austerlitz.

Le moine au sifflement grimpa sur un cheval sans cavalier et aida son complice à monter devant lui. Puis Paris ne fut plus Paris.

À la place de la cour s'étalaient à perte de vue des landes d'herbe rase, couronnées de givre. Un vent glacial cinglait et sifflait aux oreilles. C'était le paysage de la Moravie. Les naseaux des chevaux s'étaient mis à souffler de puissants jets de buée.

Le couple de commerçants, sortis sur le seuil de leur boutique pour observer les chevaux, étaient terrifiés face à cette nouvelle magie. Ils cherchaient désespérément un point de repère familier. En vain.

Le moine au sifflement s'empara de l'épée attachée à la selle de son cheval, cabra sa monture puis abaissa son arme.

— Chargeeez !

Le régiment se mit en branle comme une seule masse compacte. Il déferla sur la lande telle une vague de haute mer, puissante et furieuse. Les sabots s'enfonçaient dans le sol et projetaient des morceaux de terre humide.

Isidore et sa femme tentèrent de fuir, mais la troupe de cavaliers les rattrapa. Isidore eut juste le temps de saisir la figurine porte-bonheur qu'il gardait dans sa poche et de la plaquer contre sa poitrine. La figurine fit un léger « crac » quand les sabots l'écrasèrent.

Alors qu'il partait pour une promenade, son ballot de déjeuner sous le bras, Pierre Lefort retrouva les corps du fabricant de figurines et de sa femme, gisant au milieu de la cour dans une mare de sang. Bien qu'elles n'étaient plus qu'une purée d'os, Benjamin identifia les victimes avec certitude.

Des soldats de plomb étaient éparpillés autour.

2

Quelques rats dans une culotte de jeune homme

Paris, septembre 1920

Au pensionnat Henri-Poincaré, il y avait deux rentrées scolaires pour les élèves de troisième. L'officielle, bien entendu, où les élèves rencontraient leurs professeurs et recevaient leur emploi du temps. Et quelques jours plus tard, l'autre, celle qui comptait vraiment, au cours de laquelle les nouveaux arrivants savaient pour l'année s'ils passeraient leur temps libre à étudier dans la bibliothèque ou bien à participer à des courses de scarabées, des concours de crachats de pépins de raisin et des dégustations de friandises chapardées dans les réserves de la cantine.

Cette seconde rentrée se déroulait dans le dortoir des troisièmes. Les nouveaux montaient à tour de rôle sur un lit et exécutaient un numéro de leur choix. L'expérience avait montré que les imitations d'acteurs connus recevaient le plus de suffrages. Le jury, constitué du reste des élèves, donnait son opinion à l'applaudimètre. Des réputations se forgeaient sur ces seuls clappements. Un silence équivalait à la mise à mort, comme à l'époque des gladiateurs, et vous rayait définitivement de la liste des camarades de jeux.

C'était précisément le soir de cette seconde rentrée. Le soleil de fin d'après-midi étendait sur les matelas une couverture cuivrée alors que Zacharie Lune, un garçon aux cheveux blonds, grimpait sur le lit, prêt à subir l'épreuve du feu. Il portait un épais pull en laine tricoté à la main. La trentaine de pensionnaires qui étaient avachis sur les matelas du dortoir ne le voyaient pas, mais Zacharie avait aux tempes deux petites brûlures, traces des engins qui avaient remis régulièrement son esprit sur les rails ces dernières années.

Il avait été décidé que Zacharie parte en pension à Paris lors de la dernière visite chez le docteur Cerletti. Le médecin avait lui-même annoncé la nouvelle au garçon. Il avait penché vers lui ses narines aux poils touffus pour lui dire :

— Zacharie, c'est notre dernière séance aujourd'hui. Je pense que tu es guéri, mais j'ai conseillé à ta mère de t'envoyer dans un cadre nouveau. Pour que ton cerveau soit stimulé. Tu comprends, n'est-ce pas ?

L'enfant avait hoché la tête. Puis le docteur Cerletti avait placé les deux électrodes à côté des oreilles de Zacharie et avait pressé le bouton du 110 volts.

Quand il s'était réveillé, sa mère était assise à son chevet, le front ridé d'inquiétude.

— Comment te sens-tu ? avait-elle demandé.

Après chaque séance, Zacharie se sentait nauséeux et confus. Mais il savait qu'envoyer son unique enfant en pension était un crève-cœur pour sa mère et il tenait à lui rendre la séparation la plus facile possible.

— Très bien, avait-il répondu.

— Le docteur t'a dit ?

— Oui.

— Il affirme que c'est pour ton bien. Que ça fera comme si tu recevais en permanence des petits chocs électriques. On viendra te voir avec Papa, tu sais.

Une larme avait perlé au coin de ses yeux et elle s'était détournée pour l'essuyer. Zacharie l'avait regardée faire, sans savoir quoi dire.

Émile Mercier, un garçon un peu rondouillard, qui était le seul du dortoir à être assis sur une chaise, annonça le pedigree de Zacharie. Avec sa tignasse brune et sa démarche saccadée, Émile avait un air de Félix le chat, jugeait Zacharie. La rumeur prétendait qu'Émile était au centre de la plupart des activités « non autorisées » du pensionnat et qu'il organisait même des jeux d'argent avec l'extérieur. Ça n'étonnait guère Zacharie de le trouver ici en maître de cérémonie.

— Notre dernier candidat : Zacharie Lune, dit Émile. Quatorze ans. Il vient d'un coin tellement lointain que personne n'a été fichu de me dire où c'était. Ça m'étonnerait pas qu'il s'appelle Lune parce qu'il en vient, de la Lune. Paraît qu'il a un bon coup de crayon. Paraît qu'il vient à Poincaré pour « raisons médicales ». Impossible d'en savoir plus. En tout cas, j'espère que ce n'est pas sa façon de s'habiller qui est contagieuse...

Nul besoin d'explications pour comprendre que l'allusion concernait le pull, un brin démodé, de Zacharie. Des rires fusèrent. Émile attendit qu'ils s'estompent puis ajouta :

— À toi, Zacharie, bonne chance.

Zacharie remercia Émile d'un sourire forcé et commença son numéro. Il replia le pavillon de ses oreilles dans leur conduit auditif respectif. Une courbure atypique de ses oreilles permettait de les maintenir ainsi. Puis il fit mine de se concentrer, se pinça les lèvres et, assez miraculeusement, les pavillons se déplièrent d'eux-mêmes.

Émile en resta bouche bée. Les pensionnaires partageaient son opinion. Ils restaient silencieux, abasourdis.

— Tu nous le refais ? demanda Émile.

Zacharie recommença et obtint un torrent d'applaudissements. Bien plus forts que ce qu'avaient obtenu les autres numéros.

— Zacharie Lune, grand vainqueur ! déclara Émile.

— La ré-com-pense ! scandèrent en chœur les pensionnaires. La ré-com-pense !

Émile avait annoncé qu'un prix couronnerait cette année la meilleure prestation. Malgré les sollicitations des nouveaux pensionnaires, il s'était tu sur la nature exacte de cette récompense. Zacharie se souvenait d'avoir noté alors un sourire en coin sur le visage des anciens.

Tout se passa alors très vite. Émile lança un clin d'œil à un garçon grand, roux et coiffé d'un béret – Zacharie ne le connaissait pas parce qu'il était d'une autre troisième que lui, mais avait remarqué son attitude distante durant la soirée et surtout son béret.

Puis quatre autres garçons se jetèrent sur Zacharie, armés de cordes et d'un foulard. À quatre contre un, ils n'eurent aucun mal à lui lier les chevilles et les poignets, et à le bâillonner. Ils l'allongèrent et le transportèrent durant cinq bonnes minutes, au cours desquelles, le visage enfoui sous l'aisselle d'un garçon, il fut comme aveugle. Durant le trajet, il sentit plusieurs fois des cahots dans un escalier. Finalement, on le déposa au sol. L'endroit où il se trouvait était aussi noir qu'une caverne. L'atmosphère était fraîche. Il sentait l'odeur d'une lampe à pétrole que ses ravisseurs avaient dû éteindre.

On lui serra la taille avec une corde, puis on le bascula par-dessus un muret. Il sentit le vide sous lui. On le descendit et il toucha terre environ deux mètres plus bas, sur un sol boueux qui exhalait une forte odeur de pourriture. La corde tomba à ses pieds, puis les voix d'Émile et sa bande s'éloignèrent.

Zacharie était maintenant plongé dans le noir, le froid et l'humidité. Dans pareille situation, l'imagination de tout enfant se mettrait à galoper. Pour Zacharie, elle ne galopait pas, elle filait plus vite qu'une locomotive. « État de confusion mentale », avait diagnostiqué le docteur Cerletti. « Une forme légère de schizophrénie, qui peut provoquer des hallucinations visuelles. » Si la situation perdurait, elle pouvait déboucher sur une crise. Par discrétion, le directeur du pensionnat avait tu auprès des élèves l'affection qui touchait Zacharie. Émile et ses complices n'avaient donc aucune idée de la situation dans laquelle ils venaient de placer le garçon.

Zacharie voulut appeler au secours, mais ne réussit qu'à émettre un bruit étouffé tant le bâillon était serré.

Il croisa les doigts pour que son cerveau garde son calme.

De retour dans le dortoir, Émile Mercier s'était planté devant le garçon coiffé d'un béret à qui il avait lancé un clin d'œil quelques minutes plus tôt. Émile attendait ce moment depuis le début de la semaine. Il avait organisé quantité de jeux différents depuis son entrée au pensionnat, mais rien ne valait une bonne vieille chasse au trésor. En particulier si le trésor était vivant.

— À toi de jouer, Anatole, dit-il au garçon au béret.

Le nom complet de celui-ci était Anatole Eiffel. C'était le meilleur ami d'Émile mais surtout un mordu des investigations policières. Émile s'était entendu avec lui pour le prix du concours des nouveaux : Émile cacherait le vainqueur dans l'immensité du pensionnat, à charge pour Anatole de le retrouver. Cela pouvait paraître une drôle de récompense, mais en vérité ceux qui connaissaient Anatole se frottaient les mains. Il allait y avoir du spectacle.

— J'ai combien de temps ? demanda Anatole.

— Pas de temps limite. Seulement la capacité de Zacharie à supporter la soif et le froid.

— Dans dix minutes, Zacharie sera libre, affirma Anatole.

Anatole s'approcha d'Émile et se mit à le renifler sur tout le corps. Il était clair qu'il cherchait des traces de l'endroit où Émile avait caché Zacharie, une odeur, quelque chose qui avait pu s'accrocher sur sa peau. Émile remarqua dans le regard d'Anatole cette étincelle qui apparaissait dès qu'il était dans la peau de détective. Les autres pensionnaires avaient formé un cercle autour d'eux et suivaient attentivement les gestes d'Anatole.

— Tu me prends pour un cave, dit Émile comme Anatole inspectait son cou. J'me suis lavé les mains et changé. Tu trouveras rien sur moi.

La main d'Anatole jaillit vers l'oreille d'Émile et y récupéra un petit carré blanc duveteux. Anatole sortit une loupe de sa poche et l'examina.

— Une plume, mes amis ! déclara-t-il aux pensionnaires. Et nous allons immédiatement savoir de quel volatile elle provient.

Il se rendit dans le coin du dortoir qui lui était réservé. L'endroit reflétait à merveille sa passion pour les enquêtes. Une collection de sable du monde entier s'alignait sur une étagère au côté d'un bocal de plumes, de squelettes de petits animaux et d'ouvrages documentaires sur des sujets – *Encyclopédie des sciences*, *Les cours d'eau à Paris au XXe siècle* – qui endormiraient n'importe quel autre enfant. Le mur au-dessus du lit était constellé d'extraits de journaux aux titres étranges : *Zoé, le singe cambrioleur*, *Un cadavre vivant retrouvé à la morgue*. En vérité, il n'y avait en ce lieu qu'un élément sans rapport avec le métier d'enquêteur : une affichette annonçant un match de catch, le catch étant la seule infidélité d'Anatole à sa passion.

Le garçon saisit le bocal de plumes. Il en sortit plusieurs qu'il compara avec le carré déniché dans l'oreille d'Émile.

— C'est une plume d'oie, dit-il au bout d'un moment, levant les yeux. Incontestable, vu l'agencement et la longueur des filaments. Où y a-t-il des plumes d'oie dans l'école ? Dans les oreillers des lits, bien entendu. (Il se tourna vers Émile.) Mais Émile, tu n'es pas assez bête pour cacher Zacharie dans un dortoir, n'est-ce pas ? Et puis sinon quel intérêt aurais-tu eu à te laver ? Si tu as pris la peine de le faire, c'est que Zacharie est dans un endroit salissant. Non, la plume vient d'ailleurs et j'ai ma petite idée là-dessus.

Anatole descendit quatre à quatre l'escalier des dortoirs, suivi par Émile et les autres élèves. Dans la cour, il obliqua vers un bâtiment au toit en ardoise. C'était un ancien presbytère reconverti en gymnase, où, chaque mercredi, les écoliers se mettaient sous les ordres de M. Lancelin, un ancien colonel de l'armée. « Un saut au cheval d'arçons, des pompes, une roulade, des pompes… ! » : M. Lancelin décochait les ordres à la cadence d'un fusil-mitrailleur.

Il fonça droit vers une pile de vieux tapis de gymnastique. Sur une couture qui bâillait, il saisit une des plumes du rembourrage et la compara au morceau trouvé dans l'oreille d'Émile. D'un hochement de tête, il indiqua qu'elles étaient identiques.

Des oh d'admiration s'élevèrent parmi les pensionnaires.

— T'as perdu la boule, Anatole, ricana Émile. Regarde autour de toi, où est-ce que j'aurais pu cacher Zacharie, ici ?

Et effectivement, en dehors des tapis et d'agrès qui traînaient au sol, le gymnase était vide.

— Là, dit Anatole en pointant un sillon dans le mur, juste au-dessus de la pile de tapis.

Il poussa les tapis et dégagea une petite porte, dont le sillon était la partie supérieure de l'encadrement. Il tira fort sur la poignée. La porte résista d'abord, puis céda dans un nuage de poussière de bois pourri, dévoilant un escalier de pierre qui plongeait dans l'obscurité. L'humidité qui montait de l'escalier fouetta Anatole.

— Une crypte, annonça-t-il. Aménagée dans les carrières souterraines qui ont servi à construire les bâtiments.

Émile pesta intérieurement. Il pensait être le seul à connaître l'existence de cette crypte. Obtenir l'information lui avait coûté suffisamment cher : les bénéfices tirés de trois compétitions de descente en skis des escaliers, argent avec lequel il avait soudoyé Yvan, le pion de l'internat.

Anatole s'engouffra dans la crypte.

— Tu es là, Zacharie ? cria-t-il.

Une petite cinquantaine de mètres plus loin, Zacharie entendit un son qui ressemblait à peu près à : « éa saaakaii ». Cela pouvait très bien être une bribe de conversation apportée par une canalisation – Zacharie se disait que ses ravisseurs l'avaient déposé dans une cave –, mais ça pouvait être aussi une version très déformée de : « Tu es là, Zacharie ? »

— Humrph ! Humrph ! gémit-il.

Oui, il était là, mais la bouche entravée. Inaudible à cinq mètres.

Zacharie se tut. Tout autour de lui, des yeux rouges luisants le regardaient. Il y en avait des dizaines, comme une voûte céleste d'étoiles rougeoyantes.

« Ce ne sont pas des yeux, se corrigea-t-il. Juste des minéraux phosphorescents. »

Les yeux continuaient à le fixer. Peut-être était-ce Émile, qui non content de lui infliger ce supplice, s'était installé aux premières loges pour en profiter. Mais alors pourquoi ces yeux étaient-ils immobiles ? Et pourquoi y en avait-il autant ? Les pensionnaires l'observaient-ils tous, cachés dans l'obscurité ?

Il prit son courage à deux mains et toucha un des yeux rouges. Il émit un ouf de soulagement en sentant sous ses doigts le contact frais de la roche.

« Ce sont des minéraux, Zacharie ! Ressaisis-toi ! Tu veux retourner chez le docteur Cerletti, c'est ça ? »

Zacharie repensa pour la première fois depuis bien longtemps à la froideur des électrodes et au fourmillement qui lui vrillait le cerveau quand le docteur Cerletti mettait le courant. Cela durait à peine une fraction de seconde avant qu'il ne sombre dans l'inconscience, mais il avait l'impression qu'on se servait de son crâne comme d'une antenne radio.

Un spectre lui chatouillait la joue maintenant. Zacharie ne le voyait pas, mais sentait le contact collant de l'ectoplasme.

« Une toile d'araignée, Zacharie ! Une simple toile d'araignée ! »

Zacharie appliqua les recommandations du médecin en cas de crise. Inspirer et expirer plusieurs fois profondément, puis chasser de son esprit les hallucinations en pensant à quelque chose de familier et de reposant.

On appuya sur son épaule. Il tourna la tête. Les

yeux s'étaient rapprochés. Maintenant, c'était sûr, l'une des créatures avait décidé de le dévorer.

Anatole n'entendit que l'écho de sa propre voix renvoyé par les voûtes de la crypte. Il savait que l'absence de réponse ne signifiait pas qu'il s'était trompé. Si Émile avait bien fait son travail, Zacharie était retenu bâillonné, muet. En outre, les carrières creusées sous le pensionnat abritaient quantité de caches, capables d'étouffer le plus assourdissant des pétards.

La lumière du gymnase venait éclairer l'escalier de la crypte. Il remarqua que de la poudre grise était dispersée sur les marches. Elle avait été déposée là récemment puisque aucune couche de salpêtre ne la recouvrait, alors qu'il tapissait la roche partout ailleurs. Les grains étaient fins et se transformaient en une substance pâteuse au contact de la moiteur. « Du ciment, se dit-il. Du ciment expansif même, d'après la couleur blanche. »

Le ciment expansif était utilisé pour briser les roches dures. On perçait un trou puis on coulait un peu de ce matériau dedans, qui, en séchant, brisait la roche. Anatole avait lu tout un article dessus dans l'encyclopédie des sciences.

Il fit demi-tour et quitta le gymnase pour gagner le bâtiment en brique qui abritait la bibliothèque. Le public de pensionnaires, tout acquis à sa cause, le suivait pour voir le génie déductif à l'œuvre. Il grimpa quatre à quatre les deux étages, franchit la porte et se dirigea vers le rayon des sciences et des techniques. Pour y avoir passé de longues journées, il connaissait quasiment par cœur les titres des ouvrages.

Il s'intéressa à la partie concernant la géologie. Le document qu'il cherchait était très spécifique et ne figurait dans aucun rayonnage. Heureusement, la réserve était plus fournie. Anatole y dégota un plan, dessiné par un ingénieur de Napoléon, qu'il recopia avant de redescendre dans la crypte.

Là, il se tourna vers un petit de la troupe qui s'étalait sur les joues du brou de noix pour laisser croire à de la barbe. C'était de notoriété publique qu'il fumait en douce.

— César, file-moi une allumette, tu veux !

Il en gratta une, puis descendit l'escalier. En bas, il fouilla la crypte et trouva un cierge à moitié consumé qu'il alluma.

Le plan qu'il avait recopié était une carte géologique du quartier. Les rues y figuraient en pointillés. Il en déduisit l'emplacement de la crypte qu'il marqua d'une croix. Comme il pouvait l'observer autour de lui, dans cette zone le sous-sol était constitué de calcaire, une roche relativement tendre dont une simple pioche vient à bout. « Si quelqu'un a employé du ciment expansif, pensa-t-il, c'est qu'il a nécessairement rencontré des roches dures en creusant. Et s'il y a des roches dures dans le coin, elles doivent figurer sur cette carte. »

Il repéra une inclusion de roche légendée comme étant riche en silex, exactement le type de roche qu'il prospectait. L'inclusion se trouvait au nord-est à une cinquantaine de mètres de là.

Il prit la bougie et s'immisça dans le labyrinthe de salles voûtées, talonné par la petite bande de pensionnaires. Des croûtes de salpêtre pendaient aux parois. Comme annoncé par la carte, la nature rocheuse des parois changea bientôt, le calcaire blanchâtre laissant apparaître des incrustations marron de silex.

— Chut ! s'écria soudain Anatole. Écoutez.

Tout le monde se figea et perçut un bruit de voix étouffée qui provenait d'un conduit sur la droite.

— C'est lui, dit-il en s'élançant dans le conduit.

Comme un seul homme, la troupe pivota et se précipita également dans le boyau, pressée de constater si Anatole avait vu juste.

Ils découvrirent Zacharie à une vingtaine de mètres à l'intérieur du conduit. Il gisait au fond d'un puits peu profond creusé dans le rocher. Anatole sauta dans l'eau boueuse, dénoua les liens qui enserraient les mains du garçon et lui ôta le bâillon. Il eut besoin de faire déguerpir des rats qui avaient grimpé sur lui.

Il s'attendait à ce que Zacharie pousse un cri de joie. Au lieu de cela, le garçon fixait, les yeux vides, le haut du puits, ne cessant de répéter : « Docteur Cerletti, docteur Cerletti. » Il était pâle. Comme s'il avait vu des revenants.

— Il a eu un malaise, dit Anatole. Remontez-le.

Les enfants hissèrent Zacharie en haut du puits et l'allongèrent par terre.

Pour Zacharie, pendant ce temps, tout n'était qu'yeux rougeoyants et toiles d'araignée. Ils s'entremêlaient pour former d'étranges silhouettes hostiles, squelettes au regard de flamme. Mais un coin encore vaillant de son esprit le pressentait, la crise était moins aiguë qu'autrefois. Une lueur rassurante était apparue. Dans la réalité, il s'agissait du cierge porté par un des pensionnaires, mais dans l'univers de Zacharie, c'était une force, une puissance qui chassait les silhouettes ennemies.

Anatole, remonté du puits, redressa Zacharie et lui enfourna dans la bouche un morceau de sucre qu'un élève avait eu la bonne idée de laisser dans sa poche.

— Vous savez qui est le docteur Cerletti ? demanda-t-il à la cantonade.

Les pensionnaires secouèrent la tête.

Preuve que les ténèbres perdaient du terrain dans l'esprit de Zacharie, celui-ci avait perçu la voix d'Anatole. Il ne se sentait pas encore capable d'y répondre, mais entendre une voix amicale, même inconnue, lui procurait du réconfort. Elle lui fit parcourir le reste de distance qui le séparait de la réalité. Les yeux de braise et les toiles d'araignée disparurent complètement.

Anatole remarqua le changement dans les pupilles de Zacharie.

— Ça a l'air d'aller mieux. On va l'amener sur son lit. César, va chiper à la cuisine un peu de rhum, ça lui fera du bien.

Tandis que César s'exécutait, Anatole hissa Zacharie sur ses épaules et le sortit des anciennes carrières.

L'air frais et le rhum remirent d'aplomb Zacharie plus vite que celui-ci ne l'aurait espéré.

3

Des troubles à la Mouffe

Les jours suivants, Zacharie apprit que le garçon à qui il devait sa libération du puits, Anatole Eiffel, était également le coorganisateur avec Émile Mercier du jeu de piste où il avait tenu le rôle de trésor caché. En somme, Anatole Eiffel l'avait emprisonné puis libéré. Zacharie ne savait pas s'il devait l'en remercier ou lui verser des punaises dans les chaussures.

Dans la bibliothèque, Zacharie ruminait ce dilemme en griffonnant sur un coin de cahier lorsque justement Émile et Anatole déboulèrent.

— Salut, dit Émile, visiblement embarrassé, on voulait te remercier de ne pas avoir cafté à Monsieur Muscle.

Zacharie fronça les sourcils. Il ne connaissait pas de « Monsieur Muscle ».

— Je veux parler de Gaboriau, le directeur. On l'appelle Monsieur Muscle à cause de ses chemises retroussées jusqu'aux épaules. Il fait ça rien que pour montrer ses muscles et nous impressionner. Merci de lui avoir rien dit.

Zacharie hocha la tête. Il ne crut pas nécessaire de préciser qu'en parlant au directeur de son malaise, il aurait couru lui-même le risque d'être renvoyé.

Anatole s'assit sur la table à côté de lui, son éternel béret vissé sur le crâne.

— En fait, on savait pas pour… (il tapota son crâne de l'index)… pour tes hallucinations.

Zacharie fut étonné qu'ils soient au courant. Il avait espéré que son trouble dans le puits passe pour une simple angoisse due à l'obscurité.

— Comment vous l'avez appris ?

— Vu l'état dans lequel on t'a retrouvé, on se doutait bien d'un truc. Le pion a vendu la mèche, aidé par quelques billets. Comme Émile te l'a dit, on est sincèrement désolés. Pour nous faire pardonner, on veut te présenter quelqu'un.

Émile et Anatole affichaient des mines d'enterrement. Sincères, ils l'étaient. Zacharie hésita, puis topa avec les autres, un sourire aux lèvres.

— Alors, qui vous voulez me présenter ?

— Ça te dit un match de catch ? dit Anatole.

Évidemment qu'un match de catch avait botté Zacharie. Pour cet enfant de la campagne, le pensionnat et la forêt de pierre et de béton qui l'entourait représentaient un territoire inconnu, dont la faune était autant digne d'intérêt que l'avaient été en son temps les Pygmées ou les tribus cannibales pour les explorateurs du continent noir.

Le soir même, dix minutes après l'extinction des feux, Anatole et Émile passèrent prendre Zacharie, à qui ils avaient demandé de se coucher tout habillé. Guidé par Anatole, ce petit monde descendit l'escalier des dortoirs jusqu'à la porte d'une cave. Anatole sortit un passe, déverrouilla la porte et les fit entrer. Au fond de la cave, il fit basculer la grille d'un soupirail et les garçons se retrouvèrent rapidement à l'extérieur du pensionnat, dans une ruelle déserte.

Zacharie se dit qu'il faisait froid, mais fichtrement moins que dans sa région natale. Là-bas, en hiver, le thermomètre descendait si bas qu'on prétendait que des oiseaux tombaient du ciel, morts de froid.

Le trajet dura près d'une heure. Les garçons traversèrent le 12e arrondissement puis longèrent les quais de la Seine, encombrés de péniches transportant du bois et du sable. Des gardiens surveillaient les cargaisons. Ils tenaient en laisse des molosses qui écumaient. Les garçons passèrent en courant, recroquevillés, et empruntèrent le pont d'Austerlitz pour atteindre la rive gauche de la Seine.

Là, les rues étaient plus désertes et ils purent reprendre le chemin à pas forcé. Un hurlement de loup déchira soudain la nuit. Aucun loup n'était en liberté dans la ville, Zacharie le savait, mais il ne put réprimer un frisson. Anatole le perçut et expliqua qu'une partie du Jardin des plantes sur leur droite était occupé par un zoo.

Les garçons pénétrèrent dans un quartier qu'Anatole appela « La Mouffe ». C'était un labyrinthe de ruelles, rendues glissantes par la pluie. À mi-hauteur d'une rue montante, ils s'arrêtèrent en vue d'une porte gardée par un colosse aux avant-bras aussi gros que des poteaux. *Au Vieux Chêne* indiquait une antique enseigne de bar. Des planches qui barraient les vitres empêchaient de voir à l'intérieur.

Il y avait la queue pour entrer dans l'établissement. Le colosse triait sur le volet les spectateurs. Les exclus obtempéraient et s'éloignaient dans le calme, sauf un ivrogne qui fit un esclandre. Le videur, quittant momentanément son poste, l'éloigna manu militari. Les garçons profitèrent de l'occasion pour pénétrer dans l'enceinte.

C'était la première fois que Zacharie voyait une arène de catch. Trônant au milieu d'une grande salle, il y avait un ring vide, mais plus pour longtemps au vu de la foule qui beuglait autour, alignée sur des gradins. Elle scandait le nom d'un catcheur : Crocs. Les garçons grimpèrent au dernier rang.

Le vacarme de la foule redoubla d'intensité quand une porte située sur le côté s'ouvrit sur un être gigantesque, le visage masqué par un foulard rouge, tatouage de lion sur le ventre et bracelets de force aux poignets. Le type montra les dents et poussa une sorte de rugissement qui excita davantage les spectateurs.

— C'est Crocs, dit Émile. Le meilleur catcheur de Paris. Il y a deux mois, il a envoyé d'affilée huit concurrents au tapis.

— Et son adversaire ? interrogea Zacharie.

— Pieuvre, répondit Anatole.

— C'est un bon ?

— Personne n'en sait rien en fait. C'est son premier match, paraît-il. Mais on raconte aussi que c'est un lutteur pas comme les autres et que Crocs a du mouron à se faire.

Comme il finissait sa phrase, le catcheur en question fit son entrée. C'était une armoire à glace. Ses muscles des épaules étaient si développés qu'on discernait à peine son cou. Il portait une tenue rouge, avec cousu sur le plastron un rond vert d'où partaient des tentacules. Une cape flottait dans son dos. Elle était légèrement bombée dans le haut, comme si l'homme était bossu.

Le catcheur monta sur le ring et ôta sa cape. La raison de son surnom sauta aux yeux de la foule : un troisième bras partait du milieu de son dos. Il démontra qu'il en avait le plein usage en saluant le public avec.

Zacharie était stupéfait par cet homme doté d'un membre surnuméraire. Il lui rappelait le fœtus humain à quatre yeux vu dans un musée de sciences naturelles. Jamais il n'aurait pensé qu'on puisse vivre avec ce genre d'anomalie physique.

D'après les commentaires qu'il entendait autour de lui, les spectateurs s'inquiétaient, eux, non pas de savoir si un troisième bras était biologiquement possible, mais si c'était conforme au règlement ! L'arbitre tira sur le troisième membre du catcheur. Irrité, Pieuvre lui décocha une gifle. La joue rouge, l'arbitre leva un pouce en direction de la foule. Il avait visiblement décidé qu'à partir du moment où le bras était vrai, le match était régulier. Zacharie trouvait la situation invraisemblable et pourtant elle ne paraissait étonner personne.

La cloche de début de match retentit. Une lutte s'engagea entre les deux catcheurs où les morsures, les doigts dans les yeux et les retournements de membres étaient les gestes les plus amicaux. À plusieurs reprises, Crocs tenta de coincer le visage de son adversaire dans les replis de son ventre. Le tatouage de lion donnait l'illusion que l'animal dévorait l'adversaire. Émile expliqua à Zacharie que la stratégie habituelle de Crocs consistait à choper l'autre ainsi, à le faire tourner seulement retenu par la tête, et à l'envoyer hors du ring.

Avec son troisième bras, Pieuvre bloquait toutes les tentatives de Crocs. Si Crocs parvenait à maîtriser les deux bras normaux de son rival, le troisième entrait en scène et l'obligeait à lâcher prise. Le public, partisan de Crocs, geignait à chaque revers de son favori.

Crocs faillit bien réussir son coup. Mouillée par la transpiration, la troisième main de Pieuvre glissa alors qu'elle enserrait le cou de Crocs. Celui-ci, libre de ses mouvements, pu enfin faire subir à Pieuvre son coup du tourniquet. Crocs plaça la tête de son adversaire dans les replis de son ventre, tourna sur lui-même plusieurs fois et lança Pieuvre de l'autre côté des cordes. Mais entre-temps Pieuvre avait rentré deux doigts dans le nez de Crocs, si bien qu'il vola, accompagné d'un morceau de narine déchiré. Pieuvre se rétablit en s'agrippant aux cordes, tandis qu'effondré au sol Crocs se tordait de douleur. Pieuvre s'approcha et se laissa tomber sur son adversaire. Les mains sur le ventre, Crocs hurla.

L'arbitre préféra stopper la boucherie. Il attrapa Pieuvre et s'apprêtait à le désigner vainqueur, mais c'était oublier la foule. Des claquements de pieds sur le bois montaient des tribunes en signe de mécontentement. Un homme, qui s'était plaint en début de match de l'irrégularité du physique de Pieuvre, jaillit sur le ring et menaça l'arbitre. La tension montait.

— Faut qu'on se tire, ça va barder, dit Émile.

— On rentre ? demanda Zacharie.

— Non, on va essayer d'avoir un autographe, lui répondit Anatole en descendant des gradins.

Des éclairs lumineux se mirent à étinceler dans la salle : les reflets des couteaux qu'on sortait.

Zacharie fut étonné de voir Anatole et Émile se diriger vers la sortie.

— Eh, vous aviez pas parlé d'autographe ?

— Si, dit Émile, mais tu verras, on a un moyen peinard d'en obtenir.

Ils quittèrent le Vieux-Chêne et en firent le tour

par une ruelle sombre. Émile monta sur une poubelle et se hissa sur une gouttière à la force de ses bras.

— Magnez-vous, il va arriver, chuchota-t-il.

— C'est quoi en haut ? demanda Zacharie en montant à son tour.

— Les vestiaires. Allez, grimpe.

Ils se retrouvèrent sur une baie vitrée inclinée. Celle-ci donnait sur une petite salle éclairée à la bougie et aménagée en vestiaire, avec un banc, une douche derrière un rideau et une penderie d'où dépassaient des tenues de catcheur. Émile fit glisser le carreau et ils descendirent en s'appuyant sur la penderie. Émile poussa Zacharie dans la penderie et entra à son tour, suivi d'Anatole. À cause de ses crises, Zacharie n'aimait pas trop l'idée d'être enfermé. Mais avant qu'il conteste, Émile avait refermé les deux volets en laissant un petit espace qui leur permettait à tous trois de voir.

— On sort seulement quand Pieuvre a refermé la porte, d'accord ? Comme ça, on aura le temps de lui arracher un autographe avant qu'il nous vire.

La poignée tourna et Pieuvre entra, suant à grosses gouttes. De près, le catcheur paraissait encore plus impressionnant. Il ferma la porte à clé et c'est alors qu'advint le phénomène le plus surprenant qu'il ait jamais été donné de voir aux garçons : Pieuvre se volatilisa. Il était là et l'instant d'après, il avait disparu, comme de la fumée qui se dissipe.

Les garçons se regardèrent, les yeux exorbités. Ou

bien ils avaient été victimes de la même illusion, ou bien il ne s'agissait pas d'une illusion.

— Waouh ! s'exclama une voix derrière le rideau de douche.

Une jeune fille sortit de la douche. Elle était blonde et plus grande que les trois garçons, même si elle devait avoir approximativement le même âge.

— Tu peux sortir, Émile Mercier. Je t'ai vu. Et les autres aussi.

Les trois garçons obéirent. Zacharie se sentait penaud d'avoir été surpris.

— Émile Mercier et Anatole Eiffel, les deux loustics du pensionnat Henri-Poincaré. Si j'm'attendais.

— Marie Legendre, que… qu'est-ce que tu fais là ? dit Émile, gêné.

— Comme toi, j'imagine, j'suis venue pour Pieuvre. Et lui, c'est qui ?

— Zacharie Lune. Un nouveau au bahut. Il a l'esprit qui déraille un peu, mais il est sympa.

Marie Legendre plut d'emblée à Zacharie. Il la trouvait belle avec ses pommettes saillantes et sa natte qui pendait dans son dos. Mais, surtout, qu'une jeune fille assiste à un match de catch lui faisait grande impression. Il remarqua qu'Émile était également sensible au charme de Marie. La surprise passée, il continuait d'avoir les joues teintées de rose.

— Dites, les gars, j'ai pas rêvé ? fit Marie. Pieuvre, il s'est bien volatilisé, hein ? La vache !

Des bruits de pas résonnèrent de l'autre côté de la porte. On tourna la poignée rageusement.

— Pieuvre, si t'ouvres pas, on défonce la porte et ta tronche avec ! Ouvre !

Marie se mit à escalader la penderie.

— M'excus'rez, les gars, y a comme qui dirait le feu au lac.

Émile et Zacharie la suivirent avec hâte. Anatole s'apprêtait à faire de même quand il remarqua un morceau de papier sur le sol là où Pieuvre avait disparu. Il y avait un avion dessus. *VENEZ ADMIRER AU CHAMP-DE-MARS*... pouvait-on lire en grosses lettres. La suite était déchirée. Il l'empocha au cas où il existerait un lien avec Pieuvre et sortit à son tour du vestiaire.

Quand tous furent revenus dans la ruelle, Marie extirpa un vélo de derrière un tas de cartons. Une petite remorque remplie de bûches y était attachée. Émile expliquerait plus tard à Zacharie que Marie Legendre était la fille du fournisseur de bois du pensionnat. C'était elle qui livrait les petites quantités de bois. Elle consacrait ses loisirs à fabriquer des maquettes d'avions.

— Si ça vous dit, leur lança-t-elle en grimpant dessus, j'serai demain à 14 heures devant Notre-Dame avec mon nouvel avion.

Émile et Anatole répondirent qu'ils seraient de la partie. Zacharie hocha la tête bien que ne sachant pas encore exactement de quoi il retournait. Puis les deux groupes se séparèrent.

Sur le chemin du retour, Zacharie repensa à la mystérieuse disparition de Pieuvre. Comparé à cela, le troisième bras du catcheur ne lui semblait plus si extraordinaire.

Les enfants n'étaient pas les seuls à quitter précipitamment les alentours du Vieux-Chêne. Une ombre courait le long des murs poisseux du quartier de la Mouffe. Elle avançait péniblement en émettant un grincement métallique.

Elle s'arrêta un instant et sortit d'une poche un carnet. Sur la page qu'elle ouvrit figurait une liste de noms, dont certains étaient rayés. Au stylo-plume, elle barra un nom supplémentaire.

Puis elle disparut dans les venelles de la Mouffe.

4

L'aérodrome de Notre-Dame

Les pigeons, posés paresseusement sur la façade de la cathédrale Notre-Dame furent surpris de voir quatre jeunes gens entrer en catimini dans l'édifice religieux. Ils étaient plutôt habitués aux enfants de chœur dont l'aube blanche les éblouissait les jours de grand soleil.

Les idées empruntent dans l'esprit des garçons et des filles des voies aussi tortueuses qu'une route de montagne. Ainsi, lorsque Anatole, Émile et Zacharie suivirent Marie à travers les rangées de chaises, leurs pensées n'allaient ni à l'énigmatique disparition de Pieuvre, ni à l'étude du samedi après-midi qu'ils étaient en train de sécher, mais au magnifique *Albatross* que Marie portait sous le bras.

— L'*Albatross*, avait expliqué Marie quelques minutes plus tôt, une lueur brillant dans les yeux, était un fichtrement bon avion. Il a été le premier à voler douze heures d'affilée. Douze heures ! Vous vous imaginez voler si longtemps, coincé dans ce petit cockpit ?

— Faut voir, avait blagué Émile. S'ils servent les petits fours et le champagne, pourquoi pas ?

Les garçons s'étaient ensuite passé à tour de rôle le modèle réduit, le manipulant avec autant de précaution que s'il s'agissait d'un flacon de nitroglycérine. À ce moment-là, rien ne comptait plus que la façon dont Marie s'y était prise pour trouver les plans de l'appareil, où elle avait déniché les équerres métalliques qui maintenaient les ailes à la carlingue... De l'avis de tous, l'Albatross était un sacré avion et Marie avait construit une sacrée maquette !

Ils se lancèrent à l'assaut d'un escalier en colimaçon caché dans les murs de la cathédrale. Dix minutes plus tard, hors d'haleine, ils mettaient le pied sur une terrasse. Les garçons n'avaient jamais contemplé pareil panorama. D'un seul regard, on embrassait toute la capitale. Au pied, la Seine qui traversait la ville selon un arc d'est en ouest ; au nord, la basilique du Sacré-Cœur, perchée sur sa butte, en partie masquée par un voile de brume ; à l'ouest, la tour Eiffel qui chatouillait de gros nuages noirs ; et partout, partout, des colonnes de pierre et de béton.

— Pas mal pour un terrain d'envol, hein ? fit Marie.

Les garçons hochèrent la tête. Marie humecta un doigt et le pointa en l'air pour sentir la direction du vent.

— Hey, Zacharie pourrait imaginer un sigle pour l'Albatross, proposa Émile.

— Zacharie est un crack en dessin, crut bon d'expliquer Anatole à Marie. Tu verrais les croquis qu'il a affichés dans son coin du dortoir. C'est plus un dortoir, c'est le Louvre.

— Tu veux bien, Zacharie ? demanda Marie.

Zacharie opina du chef et sortit un fusain de sa poche. Il traça sur les flancs de l'avion un magnifique albatros, l'oiseau cette fois, muni de son bec boursouflé à l'extrémité et de ses interminables ailes. Marie jugea le motif somptueux et félicita le garçon.

Marie saisit l'appareil sous les ailes et d'un geste ample le lança. L'avion monta , porté par les courants ascendants le long de Notre-Dame. Il se retrouva un moment au-dessus de la cathédrale, déclenchant les hourras des enfants. Puis il entreprit mollement sa descente en planant au-dessus de la Seine. Il finit par s'écraser dans le fleuve, au pied d'un pont. Il résista un instant aux remous, puis plongea dans les eaux sombres.

Les enfants exultèrent. Ils avaient perdu l'avion, mais celui-ci avait parcouru à vue de nez plus de cinq cents mètres. Soit le double du précédent record établi par les modèles réduits de Marie.

Marie avait conscience de sourire béatement, mais s'en fichait. Elle était heureuse d'avoir trouvé de nouveaux amis. D'ordinaire, avec ses attitudes masculines et ses doigts recouverts de colle à bois, elle intéressait peu les garçons. Les rares fois où cela arrivait, elle ne tardait pas à percer le jeu du prétendant... Ces trois-là semblaient différents. Ils avaient l'air d'être joueurs, comme elle.

Quand l'enthousiasme général s'essouffla, Zacharie s'assit, dos au parapet. Par association d'idées, il repensait à Pieuvre.

— Vous croyez que Pieuvre a disparu comme l'Albatross. Je veux dire, pas noyé dans l'eau, mais plutôt dissipé dans l'atmosphère ou dans je ne sais quoi.

— Qu'est-ce que tu veux dire ? fit Anatole.

— Rien, je me demande juste comment il a pu se volatiliser. On aurait cru qu'il était composé de fumée et qu'il s'était évaporé dans l'air.

— Évaporé dans l'air ? répéta Émile en ricanant. Ohé ! Zacharie, on n'est pas au milieu des poules et des vaches. Les histoires de sorciers qui disparaissent par enchantement, ça a peut-être cours chez toi, à la campagne, mais ici c'est juste bon à effrayer les bambins.

— Et on peut avoir ton explication ? répliqua Zacharie, un brin vexé.

Affichant la mine sévère d'un professeur, Émile retira son manteau et se cacha derrière. Soudain, le manteau s'aplatit, ne laissant voir que du vide. Évidemment, Émile s'était plaqué au sol en même temps que le vêtement.

— Voilà, c'est ça Pieuvre, dit Émile en réapparaissant. En mieux bien sûr, ajouta-t-il en se frottant le coude qu'il s'était abîmé. Un magicien, un simple magicien.

— T'aurais pu te passer de la démonstration, lança Anatole en lui tendant la main, on avait compris.

— Moi, je suis d'accord avec Zacharie, intervint Marie. Pieuvre doit posséder un pouvoir spécial. Remarque que je ne dis pas que c'est de la sorcellerie, Émile. Imagine juste quelqu'un il y a mille ans qui aurait vu débouler un avion. Il aurait cru que c'était de la sorcellerie ; un truc aussi lourd qui vole comme un oiseau. Ouais, Pieuvre c'est...

Marie s'arrêta pour trouver ses mots. Un jour, on naviguerait dans les airs aussi aisément que les oiseaux, elle en était persuadée. Un simple bouton suffirait à faire décoller un engin aérien. Oui, un jour, ces véhicules existeraient et leur perfection serait telle qu'ils tiendraient dans la main.

— ... c'est un visiteur du futur, acheva-t-elle.

— Un visiteur du futur ! répéta Émile, pensant que ses camarades perdaient de plus en plus la tête. Vous êtes à côté de la plaque. Pieuvre nous a embobinés avec un tour de magie, point final.

— Anatole, tu dois bien avoir ta p'tite idée sur la question, dit Marie.

— Pieuvre dispose d'une véritable machine à téléportation, voilà mon avis.

— Une quoi ? fit Zacharie.

— Une machine à téléportation. C'est ainsi que les magiciens appellent la boîte avec laquelle ils font disparaître des gens. Sauf que dans le cas de Pieuvre, ce n'était pas un tour de passe-passe.

— Et qu'est-ce qui te permet d'éliminer cette possibilité ? lui demanda Émile.

— Pieuvre ignorait qu'on était là. Pourquoi aurait-il pris la peine de disparaître en usant de magie ?

Émile et Zacharie restèrent un moment sans rien dire, le temps de digérer l'idée soumise par Anatole. Marie, elle, bouillonnait d'excitation. Une machine à téléportation, waouh !, c'était encore mieux que n'importe quel avion, aussi évolué soit-il.

— Enfin, c'est juste une hypothèse, ajouta Anatole. Que je compte bien vérifier.

Le visage d'Anatole s'éclaira d'une étrange lueur qu'Émile remarqua.

— Oh, ça y est, les narines se dilatent, les oreilles s'agitent. Le célèbre détective Anatole Eiffel se lance sur la piste du catcheur envolé.

— Bien sûr j'accepte les partenaires, alors si ça vous tente…

— Sûr que je suis de la partie ! s'exclama Marie, enthousiaste.

— À la chasse à la téléportation ! renchérit Zacharie.

Les regards convergèrent vers Émile. Celui-ci fit la moue, mais sourit finalement.

— Je vais quand même pas livrer à eux-mêmes un gars qui se prend pour Sherlock Holmes et un autre qu'a des hallucinations dès qu'on éteint la lumière.

— Il nous faut un nom et un emblème, dit Zacharie.

— Puisque c'est Anatole le crack en enquêtes, qu'est-ce que vous dites de s'appeler la « Eiffel Compagnie », suggéra Marie.

Ils se regardèrent en hochant la tête. Ce nom sonnait bien.

— Alors l'emblème est tout trouvé, dit Zacharie.

Avec son fusain, il dessina un *E* entouré d'un cercle sur le poignet de chacun. Quand il eut fini, tous contemplèrent l'insigne du club auquel ils appartenaient dorénavant. Ils éprouvaient la même fierté que des Indiens se recouvrant le corps de peintures de guerre.

— Par quoi on commence ? demanda Marie.

— Par vérifier tout d'abord qu'Émile a tort, répondit Anatole. Que Pieuvre ne nous a pas entourloupés au vestiaire du Vieux-Chêne.

En suivant ses partenaires de la Eiffel Compagnie dans l'escalier de Notre-Dame, Zacharie avait le cœur léger. Pour la première fois depuis son arrivée au pensionnat, le spectre des crises lui semblait loin. Et aux yeux de ses copains, il n'était plus le petit provincial à l'esprit qui déraille. Il était membre d'un club d'enquêteurs. Au même titre qu'eux.

5

Le pendentif en or

Marie descendit en premier dans le vestiaire du Vieux-Chêne, puis ce fut au tour des garçons ; un coup d'œil jeté du haut de la baie vitrée les avait assurés que la voie était libre. Quand ils furent tous en bas, ils s'approchèrent de l'endroit précis où, la veille, Pieuvre s'était volatilisé. Émile passa la main sur le sol carrelé, tentant de déceler une trappe secrète. Puis il glissa ses ongles dans les interstices des carreaux pour essayer de les faire basculer. Les deux opérations échouèrent.

— On dirait que j'ai eu tort, reconnut Émile, confus.

— Il n'y a plus l'ombre d'un doute maintenant, conclut Anatole. Pieuvre ne s'est pas volatilisé en nous jouant un tour de magie.

— Faut l'interroger pour savoir comment il a fait,

dit Zacharie. On n'a qu'à demander ici son adresse, ajouta-t-il en sortant.

Anatole s'interposa entre lui et la porte.

— Si tu franchis cette porte, Zacharie, tu seras bon pour commencer une collection de cicatrices. Les mioches, c'est pas leur truc aux catcheurs. Et j'ai une solution moins risquée. En passant devant l'entrée du Vieux-Chêne, j'en ai aperçu un qu'Émile et moi connaissons : Poilu. On est allés lui faire signer un autographe après un match. Lui ne nous jettera pas dehors et nous dira certainement où trouver Pieuvre.

Anatole entrouvrit la porte. À travers l'entrebâillement, il apercevait au fond du couloir l'arène où la veille Pieuvre avait envoyé Crocs au tapis. La journée, le Vieux-Chêne était reconverti en salle d'entraînement. Sur le ring, deux catcheurs à la mine patibulaire s'affrontaient donc sous le regard d'un troisième, une femme, dont le visage était aussi ravagé que les autres. Autour du ring, on avait descendu des sacs de sable, que martelaient des catcheurs, dont un âgé d'à peine quinze ans. Poilu pénétra dans le champ de vision d'Anatole et entra dans une pièce située plus loin dans le couloir.

— Poilu est juste à côté, dit Anatole en se retournant vers ses camarades. À trois, on y va, d'accord ?

Au signal d'Anatole, la Eiffel Compagnie se glissa dans le couloir, collée au mur.

Émile désigna du menton le jeune catcheur en chuchotant :

— Vous avez vu ? Il a notre âge celui-là. Un de

ces quatre, on pourrait organiser un combat à Poincaré, lui contre les pensionnaires. On se prendrait un petit intéressement au passage sur les paris. Qu'est-ce que vous en pensez ?

Anatole fit volte-face pour jeter un regard noir à Émile.

— Quoi ? Qu'est-ce que j'ai dit ? fit Émile.

— On est là pour Pieuvre, le sermonna Anatole. Pas pour organiser tes concours du pensionnat. En plus, tu vas nous faire repérer.

Anatole se retourna et continua sa progression. Parvenu à la porte qu'avait franchie Poilu, il tourna la poignée et tous les quatre entrèrent de conserve. C'était un entrepôt de matériel d'entraînement. Il y avait par dizaines des sacs de sable, des haltères, des cordes à sauter, mais aucun catcheur ; Poilu brillait par son absence. Zacharie s'installa près de la porte pour faire le guet, tandis que ses compagnons inspectèrent la salle.

— Poilu ? demanda à haute voix Anatole.

Un froissement se fit entendre derrière le battant d'un placard entrouvert.

— C'est toi, Mona ? questionna une voix provenant du même endroit. Je t'avais dit de m'attendre sur le ring.

— Non, c'est Émile Mercier et Anatole Eiffel.

— Qui ? rétorqua le catcheur en se montrant.

Marie et Zacharie frémirent en découvrant le visage balafré de Poilu. Il comportait plus d'entailles qu'une planche à découper de boucher. Poilu était en train de mettre sa tenue de catcheur, un justaucorps imitant en trompe-l'œil un uniforme de soldat.

— Émile Mercier et Anatole Eiffel, répéta Anatole. On était venus vous voir dans le vestiaire à la fin d'un match, l'été dernier.

Le visage de Poilu s'éclaira.

— Ah, ça y est. Après un combat contre Fine-Lame, c'est ça ?

— C'est ça, monsieur, confirma Émile. Vous lui avez mis une sacrée raclée ce soir-là.

— Depuis, il s'est bien vengé, répondit Poilu en désignant une profonde balafre qui courait sur son front. (Poilu retrouva tout à coup son air sévère.) Mais qu'est-ce que vous fichez là, les mômes ? Vous cherchez à vous faire imprimer un visage comme le mien sur la trombine ?

— On cherche Pieuvre, dit Marie, avec une pointe d'hésitation. Le catcheur qui a mis Crocs au tapis hier soir.

Poilu tiqua en entendant ce nom.

— Si vous posez des questions sur Pieuvre ici, c'est directement au cimetière que vous irez.

Il n'y avait pas de menaces dans la voix de Poilu. C'était la simple constatation que Pieuvre avait commis quelque chose de suffisamment grave pour que les catcheurs du Vieux-Chêne corrigent quiconque s'intéresserait à lui.

— Qu'est-ce qu'il est arrivé ? interrogea Anatole.

— Pieuvre a tué Crocs.

La même expression de surprise se peignit sur chacun des visages de la Eiffel Compagnie.

— M'sieur, on a assisté au combat, dit Marie, incrédule. Crocs avait l'air bien sonné quand l'arbitre a arrêté, mais pas mort.

— Ça s'est passé après.

— Dans la rue ?

— Non, à l'hôpital. Crocs était salement amoché à l'issue du match. Il se tenait le ventre en n'arrêtant pas de gémir. Il était bon pour une hémorragie interne. Alors moi et d'autres gars, on l'a amené en vitesse à l'hôpital. Il n'était pas encore en salle d'opération qu'il s'est mis à hurler comme un putois. Les médecins ont ôté le drap avec lequel on l'avait recouvert : son ventre grouillait de vers ! Vous avez bien entendu : de vers ! Son tatouage était devenu une immense plaie dans laquelle pullulaient des bêtes aussi grosses que mon petit doigt. Brrr ! Comme si Crocs n'était rien qu'une vieille carcasse de chat écrasé !

Poilu serrait un poing si fermement que ses doigts rougissaient.

— Ces asticots bouffaient les chairs à une telle vitesse qu'au bout de dix minutes, Crocs avait un trou béant à la place du ventre. Bon sang ! Les médecins ont essayé de les retirer un par un, de leur verser dessus de l'alcool à 70°. Rien à faire ! Ces satanées bestioles revenaient toujours. Et nous, les catcheurs, qui avions démoli à nous quatre plus de cent gaillards, nous restions là à observer notre copain partir dans la bouche de ces dévoreurs de pourriture. Bon Dieu.

Une sueur perla au front de Zacharie. Il l'épongea d'un revers de la main. Il vit que la même sueur coulait sur le visage de ses camarades.

— Je vous promets que si je mets la main sur Pieuvre, il s'en repentira ! gronda Poilu en appuyant sa menace d'un grand coup sur le placard.

— Qu'est-ce qui vous fait penser que Pieuvre est responsable ? s'enquit Marie.

— Parce que Crocs me l'a confié avant que les vers ne l'achèvent, pardi ! Crocs a voulu arrêter le match à un moment. Pieuvre ne suivait aucune règle du catch. Il l'a dit à Pieuvre, qui lui a répondu que s'il arrêtait maintenant, il le tuerait… Là, Crocs s'est mis à sentir comme une brûlure sous son tatouage. Pieuvre avait dû lui verser les vers dans le maillot pendant le match. Des vers aussi gros que ça, je sais pas où il les a trouvés.

« Poilu se trompe, se dit Anatole. Des vers de cette taille n'existent pas. La blessure de Crocs est aussi "naturelle" que la disparition de Pieuvre dans le vestiaire. »

— Quelles règles avait rompues Pieuvre, m'sieur ? interrogea Marie.

Poilu fixa les garçons, semblant hésiter sur ce qu'il allait dire.

— Oh, et puis je peux bien vous le dire, c'est pas un secret d'alcôve. Les catcheurs s'entendent à l'avance sur les coups. Ainsi, personne ne déplore de blessure grave et le spectacle est garanti. Mais Pieuvre n'a rien respecté durant le combat. Pour un œil averti, c'était flagrant. Crocs se prenait une pluie de coups sans avoir rien demandé.

Anatole repensa à une rumeur qui circulait avant la rencontre selon laquelle Pieuvre n'avait jamais gagné un match. Était-il un bleu au point d'ignorer cette entente entre joueurs ?

— Est-ce qu'il s'était comporté ainsi lors de précédents matchs ? dit Anatole.

— Des précédents matchs ? répéta Poilu. Mais c'était son *premier* match ! Personne ne sait d'où sort Pieuvre !

— Vous moquez pas de nous, m'sieur, fit Marie. Il a bien fait ses preuves quelque part. On ne monte pas du jour au lendemain sur le ring du Vieux-Chêne, surtout pour y affronter le meilleur catcheur de Paris !

— Ne me crois pas si tu veux, mais si. Il y a quinze jours, il a débarqué ici avec un copain à lui déguisé en moine, et a demandé à Mona, la directrice du Vieux-Chêne, d'organiser ce match. Il lui a filé comme paiement une figurine en or. Vu le paquet de pognon que ça représentait, Mona ne s'est pas fait prier longtemps. Voilà comment cela s'est passé. Bizarre, hein ?

Poilu, qui avait recommencé à s'habiller durant la conversation, avait maintenant fini. Il se leva et coiffa son crâne nu d'un bonnet aux couleurs d'un casque de soldat.

— Donc, pour répondre à votre question initiale, personne ici ne sait d'où il vient. Le jour où on le saura, on ira lui amputer à vif son troisième bras.

Sur ce, il cracha au sol comme pour entériner sa promesse.

Dans l'entrebâillement de la porte, Zacharie vit la directrice du Vieux-Chêne, Mona d'après ce qu'il venait d'apprendre, se diriger à grands pas vers eux.

— Faut se planquer, quelqu'un arrive ! avertit-il.

D'un bond, les membres de la Eiffel Compagnie se cachèrent derrière la porte du placard d'où Poilu avait surgi quelques instants plus tôt. Ils entendirent la porte de l'entrepôt s'ouvrir et une femme crier :

— Poilu, qu'est-ce que tu fiches ? Tu viens ?

— Ouais, j'arrive. Je mettais mon bonnet. Voilà, c'est fini.

Il y eut un bruit de claquement de porte puis le silence.

— Ouf ! soupira Marie. C'était moins une.

— Émile, dis-moi si je me trompe, fit Anatole : en général, il y a bien le nom du fabricant sous les figurines de plomb, non ?

Émile, qui avait longtemps collectionné ces jouets quand il était enfant, répondit sans hésiter :

— Oui, sous la plaque qui est soudée aux pieds. Pourquoi ?

— Si la figurine avec laquelle Pieuvre a payé l'organisation du match est vraiment en or, elle a dû être fabriquée spécialement pour lui. Donc le fabricant doit posséder son adresse ou au moins le connaître. Il nous faut cet objet.

— Ça va pas être simple de le retrouver, rétorqua Zacharie.

— Mona le porte au cou, en fait. J'ai vu un pendentif doré à son cou quand on est passés dans le couloir.

— Oui, moi aussi, je l'ai vu, dit Marie. Mais si on va voir Mona pour lui parler de Pieuvre, on signe notre mort.

— C'est pour ça qu'on va rebrousser chemin et attendre gentiment dehors qu'elle quitte le Vieux-Chêne. On ira alors discuter avec elle sans évoquer Pieuvre. On aura qu'à prétexter qu'on aime la figurine et qu'on veut obtenir des renseignements dessus.

— Anatole, t'as peut-être des neurones hors pair, mais ça suffit pas pour se sortir d'une situation de ce genre, répliqua Émile. Tu veux t'adresser à une brute comme s'il s'agissait d'une opératrice téléphonique. Une baffe, voilà ce que tu vas ramasser. En plus, Mona sort la dernière du Vieux-Chêne et je n'ai pas envie de camper ici.

— Ah, et qu'est-ce que propose monsieur Émile Mercier ? fit Anatole, piqué au vif.

— On fait une diversion. Enfin, JE fais une diversion.

Et avant que ses camarades puissent contester son idée, Émile ouvrit la porte et jaillit hors de l'entrepôt, à découvert. Médusés, Zacharie, Marie et Anatole le regardèrent en se demandant s'il n'était pas devenu fou.

Émile s'avança vers le catcheur qui avait à peu près leur âge.

— Alors, cachottier, qu'est-ce que j'apprends ?

Les combats de catch sont juste des chorégraphies de cascadeurs ! Ah, ils sont beaux les soi-disant biscoteaux des catcheurs ! Que de la gonflette, oui ! Vous devriez inscrire « Cours de comédie » à l'entrée du Vieux-Chêne.

La provocation d'Émile toucha son but. Le jeune catcheur vit instantanément rouge. Mais juste avant qu'il se précipite sur Émile pour lui broyer une partie de son anatomie, Émile lui lança :

— D'accord pour que tu prennes ta revanche, mais dans les règles de l'art. Je ne veux pas tacher le sol avec ton sang. Allons sur le ring.

Le catcheur émit une espèce de grognement en guise de réponse, mais Émile comprit qu'il acceptait le défi en le voyant gagner le ring.

Émile s'inquiétait de savoir si ses camarades allaient lui laisser les coudées franches pour mener à bien son plan. Il se retourna et fut rassuré de voir qu'ils sortaient de l'entrepôt pour rejoindre le vestiaire. Quand il revint vers le ring, le jeune catcheur expliquait la situation à Mona. Celle-ci accepta de servir d'arbitre.

Émile rejoignit son adversaire entre les cordes. Ils étaient devenus l'attraction de la salle. Les autres catcheurs avaient abandonné leurs agrès pour assister à ce qui serait sans doute la première raclée infligée par leur benjamin.

Le catcheur, malgré son jeune âge, avait déjà le nez cassé et la force d'un éléphant, comme Émile put en juger en écopant d'un coup de tête en plein ventre. Les combats de catch étaient peut-être en partie truqués, la puissance du lutteur était réelle et percutante. La volée de coups qui s'abattait sur Émile lui infligeraient des courbatures pour des jours.

Émile encaissait, attendant le moment opportun pour lancer sa contre-attaque. Ce moment survint quand son adversaire l'attrapa par le bras et le lança dans les cordes. Émile rebondit et revint vers le centre du ring. D'un coup d'épaule dans le ventre, le catcheur le propulsa alors dans les airs. Mais Émile, le devançant, avait infléchit sa trajectoire de sorte qu'il fut éjecté sur Mona. Avant de pouvoir réagir, celle-ci se retrouva avec Émile perché sur ses épaules. Émile se recroquevilla, s'arrimant à la tête de Mona comme une moule à son rocher.

Le spectacle était comique. Aveuglée par Émile, Mona zigzaguait les bras en l'air, essayant de détacher ce parasite qui lui collait au visage. Pendant ce temps, Émile tentait tant bien que mal de lire sur le pendentif le nom du fabricant.

— Enlevez-moi cette sangsue, bonté divine ! hurlait Mona.

Pensant bien faire, le jeune catcheur saisit Émile par le pied et tira dessus. Mais Émile resserra son étreinte pour ne pas tomber et Mona commença à étouffer.

— Arr… ête, arr… ête, réussit-elle à bredouiller à l'adresse du jeune.

Celui-ci tenta une autre stratégie. Il sauta sur le dos d'Émile et s'agrippa à lui. Il cherchait à lui faire lâcher prise, mais ne parvint qu'à déséquilibrer Mona, qui fit deux pas hésitants puis tomba à la renverse. Furieuse, elle se releva aussitôt en poussant un cri de rage, attrapa Émile qui était au sol et le souleva au-dessus d'elle avant de le faire retomber lourdement. Le garçon souffla quand ses côtes cognèrent contre l'estrade.

La vue troublée par la douleur, Émile réussit à voir que le pendentif, arraché dans la bataille, gisait à vingt centimètres de son visage.

Le jeune catcheur allait tirer Émile par les cheveux, mais Mona le stoppa.

— Ça va, je crois que la leçon a suffi, dit-elle en se massant le cou. Je veux pas avoir d'embêtements avec la police pour coups et blessures. Fiche-le dehors et reviens t'entraîner.

Puis elle se tourna vers Émile :

— Toi, si je te vois une nouvelle fois ici, je t'accrocherai à une corde et tu serviras de punching-ball.

Le catcheur saisit Émile par ses vêtements et le traîna jusqu'à l'extérieur, sous un ciel d'orage. Il le jeta parmi les poubelles et retourna au Vieux-Chêne. Un vent violent s'était levé qui projeta des papiers usagés dans la figure d'Émile.

Anatole, Marie et Zacharie jaillirent du coin de la rue et se précipitèrent pour aider Émile à se relever.

— Ça va ? demanda Zacharie.

Émile sentait des ecchymoses un peu partout sur le corps, mais il n'avait rien de cassé. Il hocha la tête, puis dit :

— Isidore Guillermot.

— Quoi Isidore Guillermot ? fit Anatole.
— C'est le nom du fabricant.
— Tu l'as eu ? dit Marie. Bravo !

Émile but le sourire qu'arborait Marie comme un nectar. Ce sourire était son vrai trophée, plus que la figurine elle-même.

Isidore Guillermot. Bizarrement, ce nom était familier à Anatole, même si le garçon était incapable de dire où il l'avait entendu.

— Quelqu'un sait où est son magasin ? demanda Émile.
— C'est pas très loin de la Bastille, indiqua Marie.

6

De mystérieuses taches blanches

— Bon sang ! s'exclama Émile.

La Compagnie se tenait devant le magasin d'Isidore Guillermot. Émile se l'était imaginé comme le palais du soldat de plomb – en était sorti une figurine en or, non ? – et il n'avait devant les yeux qu'une ruine poussiéreuse, jonchée de débris de verre et d'étagères renversées, et dont le sol était rendu humide par la pluie qui s'engouffrait à travers la vitrine cassée.

— C'est comme si une tornade avait dévasté la boutique, dit Zacharie.

— Sauf qu'il n'y a pas de tornade en plein Paris, ajouta inutilement Émile.

Marie escalada les gravats en veillant à ne pas se couper avec le verre. Elle atteignit le comptoir et chercha dans les tiroirs. Elle trouva un cahier à la couverture rigide et recouvert d'un tissu vert. Quand elle allait acheter des pièces pour ses modèles réduits, le marchand notait les références de ses acquisitions dans le même genre de cahier.

— J'ai le livre de comptes ! s'écria-t-elle.

— Regarde s'il y a quelque chose sur le pendentif, dit Anatole.

Chaque page du cahier était scindée en une colonne achat et une colonne commande. Dans cette dernière figuraient des références de figurines accompagnées d'une date, de noms et d'adresses. Il s'agissait probablement des coordonnées des clients. Marie examina la liste, remontant trois mois auparavant, mais ne trouva pas de trace d'une figurine en or.

— Il n'y a rien, dit-elle. Aucune mention du bijou.

— Tu es bien sûre d'avoir le bon cahier ? questionna Anatole.

— Oui, le relevé des achats et des commandes s'arrête subitement il y a environ un mois. C'est bien le dernier que le commerçant a utilisé.

— Zut ! maugréa Anatole.

Un éclair vint zébrer le ciel, qui projeta des reflets pâles sur les murs de la boutique.

Zacharie, qui était posté près d'un établi, demanda à Anatole de le rejoindre. Il lui montra un fantassin de l'armée napoléonienne trouvé par terre. La figurine fourmillait de détails, signe d'un indéniable savoir-faire. Mais allez savoir pourquoi, des taches blanches la recouvraient, comme si elle avait été victime d'une maladie ; une maladie contagieuse car toutes les figurines éparpillées sur le sol à cet endroit arboraient les mêmes traces.

— Tu as une idée de l'origine de ces taches ? demanda-t-il à Anatole.

— Non, pas la moindre.

Anatole passa un doigt sur la figurine. Les taches ne s'effacèrent pas. Elles semblaient incrustées dans le plomb.

— Il a dû y avoir une réaction entre la figurine et une substance chimique pour que le plomb soit attaqué ainsi.

— Quelle substance ?

— Je l'ignore.

Anatole sonda le magasin du regard comme s'il voulait y voir autre chose que du verre brisé et des planches renversées. La force qui s'était déchaînée ici avait-elle un lien avec l'altération du métal ?

Un fragment de papier jaune était scotché sur un pan intact de la porte. Il sortit le bout de papier qu'il avait trouvé dans le vestiaire du Vieux-Chêne, le soir du match. Le bout correspondait à la partie manquante. Ensemble, les deux morceaux formaient l'annonce d'un meeting aérien. On y voyait un dessin de la tour Eiffel avec un petit avion volant entre les pieds du monument. Il y avait écrit au-dessus du dessin : *VENEZ ADMIRER AU CHAMP-DE-MARS LES PIROUETTES AÉRIENNES D'AUGUSTIN BONNICHON, RECORDMAN DE LA DURÉE EN VOL.*

Pieuvre était donc venu ici, probablement pour s'emparer du pendentif. Était-il responsable du saccage du magasin ? Anatole n'en savait rien, mais une chose était sûre : une disparition énigmatique, une plaie surnaturelle infectée d'énormes vers et maintenant cette boutique dévastée, tout cela commençait à faire beaucoup pour un seul homme, même pourvu d'une machine à téléportation.

— Hey, venez voir, dit soudain Marie, il y a un truc curieux ici.

La Eiffel Compagnie se regroupa près de l'entrée de la boutique, autour d'un petit tas de figurines à la posture inhabituelle. Des cavaliers. L'un pointait un bras vers le bas, semblant caresser le flanc de son cheval ; un autre était penché vers l'avant, comme s'il agrippait le cheval par sa crinière ; un troisième formait un angle de 90° avec sa monture.

— Je n'ai jamais vu de tels cavaliers en plomb, dit Émile. D'habitude, ils sont droits sur leur cheval.

— Moi non plus, fit Marie avec un air dédaigneux. À mon avis, le fabricant n'a pas dû en vendre beaucoup. Ils sont tarabiscotés.

En effet, force était de constater que ces figurines étaient ratées, inachevées. Et pourtant, elles possédaient quelque chose de plus que les autres. Quelque chose comme un souffle de vie.

— C'est vrai qu'elles sont étranges, fit Zacharie. C'est comme si on avait transformé en plomb de vrais cavaliers.

Une zone du cerveau d'Anatole fit tilt en entendant la remarque de Zacharie et un souvenir lui revint à la mémoire, un souvenir qu'Anatole n'aimait pas particulièrement.

— Je sais où j'ai entendu parler d'Isidore Guillermot, dit-il : dans un article de journal. Guillermot et sa femme ont été retrouvés morts, piétinés devant leur boutique.

— Ici, tu veux dire ? s'exclama Marie, dégoûtée, en regardant autour d'elle.

— Oui.

— Pourquoi ces figurines t'ont fait penser à ça ?

— Parce que quelqu'un a accusé des chevaux d'avoir écrasé les deux commerçants. Vous comprendrez quand je vous aurai lu l'article, dit Anatole en s'éloignant déjà.

Émile, Zacharie et Marie se tenaient au pied du pensionnat Henri-Poincaré, attendant le retour d'Anatole. La pluie les avait mouillés des pieds à la tête et ils commençaient à grelotter de froid.

Anatole apparut dans l'embrasure du soupirail. Il avait une boîte à sucre en métal blanc sous le bras.

— T'as retrouvé l'article ? demanda Émile.

— Ouais, répondit Anatole en grimpant sur le bitume.

Il ouvrit sa boîte. Elle contenait une liasse de coupures de presse.

— Je les découpe dans le journal que lit Yvan à la bibliothèque, expliqua Anatole à Marie et Zacharie. Yvan fait semblant de s'intéresser aux nouvelles du monde. En réalité, il ne lit que la page feuilleton à la fin. Après il range les journaux près de la cheminée pour allumer le feu. C'est là que je les pique.

Il sortit de la boîte un court article intitulé *Un fabricant de soldats de plomb et sa femme retrouvés morts, piétinés*, qu'il lut à voix haute :

« *Les corps sévèrement piétinés de deux commerçants, Isidore Guillermot et sa femme Henriette, ont été retrouvés ce dimanche matin devant la boutique que le couple tenait dans le 11*e *arrondissement. Littéralement réduits en miettes, ils étaient méconnaissables. C'est grâce à une poignée de soldats de plomb trouvés à leur côté que la police a pu identifier les victimes ; Isidore Guillermot était spécialiste de ces figurines. Comment le couple a-t-il été ainsi piétiné ? Cette question reste un mystère. La boutique se trouve dans une cour ceinturée d'immeubles de bureaux, vides à l'heure présumée du drame, entre six et sept heures. La déposition de la seule occupante des lieux, une femme de ménage, n'a pas aidé à y voir plus clair. Alertée par des hennissements de chevaux, l'employée aurait vu dans la cour "une horde de chevaux montés par des soldats napoléoniens". Toujours selon ses dires, les cavaliers auraient ensuite soudainement disparu, comme volatilisés. Naturellement, cette version abracadabrante reçoit peu de crédit auprès de la police. D'après nos informations, elle privilégierait la piste de deux individus vêtus de bures, qu'un promeneur matinal aurait aperçus dans la rue. Dans l'hypothèse où il s'agirait de moines, elle enquête auprès des églises et monastères* *de la capitale, mais semble avoir fait chou blanc pour le moment.* »

— Hey, dit Émile quand Anatole eut fini de lire, Poilu ne nous avait pas dit que Pieuvre s'était pointé au Vieux-Chêne avec un type habillé en moine ?

— Si.

— Donc les deux types portant des bures qu'a surpris ce témoin sont peut-être Pieuvre et ce second personnage.

— Mince alors ! s'exclama Marie. Pieuvre a tué Isidore Guillermot et sa femme.

— Peut-être qu'il a essayé d'utiliser sa machine à téléportation sur eux, proposa Émile. Il les fait disparaître et au moment de les reconstituer, il y a eu un problème et les tripes se sont retrouvées à la place du cerveau et les pieds à la place des fesses.

Émile s'interrompit en s'apercevant que personne ne riait.

— Et si la femme citée dans l'article disait vrai, suggéra Zacharie. Et s'il y avait bien eu des chevaux dans la boutique. Ça aurait le mérite d'expliquer comment le couple de commerçants a été écrabouillé et pourquoi tout a été dévasté.

Émile posa sur Zacharie un regard découragé.

— Oui, monsieur j'imagine-toujours-le-plus-invraisemblable. Et puis peut-être que des crabes géants ont débarqué et ont broyé les commerçants avec leurs pinces.

— À ta place, Émile, je serais moins moqueur, fit

Anatole. Tu as reconnu toi-même qu'il n'y avait pas de tour de magie derrière les pouvoirs de Pieuvre.

Émile se renfrogna. Son mécontentement s'adressait plus à lui-même qu'à Anatole. Il savait qu'Anatole avait raison, même s'il ne voulait pas l'admettre.

— S'il y avait eu des chevaux, on aurait découvert des traces, non ? intervint Marie. Du crottin, des poils, ce genre de trucs.

— Zacharie, tu as toujours les soldats que tu as trouvés dans le magasin ? demanda Anatole. Je veux vérifier quelque chose.

Zacharie tendit les figurines à Anatole, qui examina à nouveau leurs taches blanches.

— C'est près de l'établi d'Isidore Guillermot que tu les as ramassés, non ?

— Oui, pourquoi ?

— Les fabricants de soldats de plomb utilisent du vinaigre pour dissoudre leur peinture, continua Anatole.

— Et alors ?

— Dans le dortoir, j'en ai profité pour jeter un œil dans l'encyclopédie. Le plomb est utilisé pour produire de la peinture blanche. On trempe des particules de plomb dans un acide, du genre vinaigre, puis on les met en contact avec du fumier. Il y a une réaction qui se produit et on obtient des pigments blancs.

Une bouffée d'excitation monta en Zacharie.

— Donc, ces figurines ont pu être en contact avec du vinaigre et puis plus tard avec du fumier, c'est ce qui aurait donné ces taches blanches, dit-il devançant Anatole.

Contrairement à Zacharie, Émile pédalait dans la semoule. Où voulaient-ils en venir avec cette histoire de vinaigre, de fumier et de taches blanches ? Anatole perçut sa perplexité.

— Le fumier, Émile ! Avec quoi fait-on du fumier ? Par exemple, avec du crottin de cheval. Ces taches blanches sont la preuve qu'il y a eu du crottin dans la boutique et donc des chevaux aussi.

— Pieuvre a donc fait venir des chevaux ? demanda Émile, hésitant.

— Non, la police aurait recueilli des témoignages d'habitants du quartier les ayant entendus. Je ne sais pas, il a dû les faire apparaître.

— Comme ça, à partir de rien ?

Les membres de la Eiffel Compagnie se regardèrent les uns les autres, cherchant une réponse à l'énigme posée par les chevaux. Soudain, leurs yeux s'ouvrirent tout grands et leurs regards convergèrent vers le lit d'Anatole, où Marie avait déposé le régiment de cavaliers déformés. Zacharie répéta sa propre phrase, une phrase qu'il avait prononcée innocemment, mais qui prenait toute sa signification maintenant :

— *C'est comme si on avait transformé en plomb de vrais cavaliers.*

Il y eut un long silence durant lequel personne n'osa exprimer ce qui découlait de cette phrase, tant ça semblait fou. Le seul qui se manifesta fut le tonnerre qui gronda. Enfin, Marie se jeta à l'eau :

— Pieuvre a donné vie à ces cavaliers. Ensuite, quand sa magie s'est arrêtée, ils sont redevenus figurines en restant figés dans leur posture.

Il y eut un nouveau silence, puis Zacharie dit lentement, comme s'il prononçait une sentence :

— Pieuvre possède des pouvoirs bien plus importants que ce qu'on avait envisagé. Il est capable de créer à volonté des vers ou de transformer des figurines de plomb en êtres vivants.

— Oui, fit Anatole, c'est exactement cela.

7

Zacharie passe une mauvaise nuit

Zacharie eut le sommeil agité cette nuit-là. Des pieuvres géantes vinrent hanter ses rêves. Elles possédaient des dizaines de tentacules avec lesquels elles l'étranglèrent. Il se réveilla au milieu de la nuit, transpirant à grosses gouttes, la gorge aussi sèche qu'après une traversée du désert.

Il se leva pour aller boire dans la salle de bains jouxtant le dortoir. Un sentiment d'irréalité lui laissait penser qu'une partie de son cerveau sommeillait encore. Bien que fraîche, l'eau ne parvint pas à le désaltérer. C'était comme si un feu le consumait de l'intérieur.

Il reposa le verre sur le rebord du lavabo qui occupait tout un pan du mur. La glace lui renvoyait l'image d'un garçon aux traits tirés. Il accumulait un déficit de sommeil depuis une semaine, il le savait. Le niveau au pensionnat était plus élevé que celui de sa précédente école et il avait dû bûcher tard tous les jours pour rattraper son retard. Et la sortie au Vieux-Chêne n'avait rien arrangé.

C'est fou ce qu'il avait chaud. Il aurait retiré sa peau pour se rafraîchir s'il avait pu. Il se demanda s'il n'était pas malade. La salle de bains n'était pas chauffée. Il n'y avait aucune raison qu'il étouffe.

Quelque chose bougea près de son nombril, sous le pyjama. Quelque chose qui grouillait. Ça avait la taille d'une bille et ça allait et venait comme une souris sous un tapis. Une autre de ces choses apparut sur la poitrine, puis encore une autre plus bas. Il fut pris d'une démangeaison aux trois endroits où *ça* était apparu.

Il repensa tout à coup à ce qui avait tué Crocs et eut une peur bleue. Il souleva son pyjama et vit que des asticots gros comme le pouce lui labouraient le ventre. Leurs dents – car ils avaient des dents – sectionnaient les chairs en produisant des sons stridents. Horrifié, il se mit à les arracher un à un. Les vers se détachaient en emportant entre leurs dents un lambeau de chair ce qui lui extirpait un gémissement de douleur. Il comprit que la lutte était perdue d'avance : les bêtes apparaissaient plus vite qu'il ne les ôtait. Bientôt, il aurait un trou d'obus à la place du ventre. Il hurla de désespoir.

Soudain, le silence. Il était à nouveau allongé sur

son lit. Le dortoir était plongé dans une pénombre où se découpaient les silhouettes endormies des pensionnaires. Les vers n'avaient été qu'un cauchemar. Il voulut se pincer pour en être certain, mais y renonça. Le coup du pincement, c'était bidon. Dans les rêves aussi, on pouvait avoir mal.

Une lumière ténue provenait de sous le lit d'Émile. Il se leva et s'en approcha doucement. Derrière un oreiller dressé en paravent, il vit Émile en train d'assembler une maquette d'avion à la lueur d'une bougie. De dimension modeste, elle tenait dans une main. Il y avait à côté d'Émile un tas de petits morceaux de bois découpés et un pot de colle ouvert.

— Dis-moi, Émile, est-ce que je suis en train de rêver ?

Émile sursauta et se cogna la tête contre le sommier.

— Bon sang, Zacharie, ça va pas de te pointer comme ça ! fulmina à voix basse Émile en se frottant le crâne. Tu m'as fichu une de ces trouilles.

— Réponds-moi, s'il te plaît, j'ai besoin d'en être sûr.

— Que je te réponde quoi ? Si tu es en train de rêver ? T'es tombé sur la tête ou quoi, Zacharie ?

— Je t'en prie…

— Qu'est-ce que tu me chantes ? Bien sûr que non tu ne dors pas. Est-ce que j'ai une tête de vahiné avec des colliers de fleurs ?

— Merci, soupira Zacharie, soulagé.

Cette réponse n'était évidemment pas une preuve,

mais elle le satisfaisait. Il jeta un œil vide à la maquette d'Émile.

— C'est pour Marie, expliqua Émile, embarrassé. C'est son anniversaire cette semaine.

— Oh !

— Ça fait un mois que je bosse dessus.

— Elle est superbe.

— Tu gardes ça pour toi, dis ?

— Je serai muet comme une tombe. D'ailleurs, je ne t'ai pas vu, déclara-t-il en retournant se coucher.

« Pas même en rêve », faillit-il ajouter.

Avant de s'allonger dans son lit, il se retourna un instant vers Émile. Il ne parvenait pas à le comprendre. Les événements ne semblaient pas avoir de prise sur lui. « Il a fait preuve d'inconscience au Vieux-Chêne. Il a foncé droit vers les catcheurs, la fleur au fusil. Et ce soir, il est là, en plein milieu de la nuit, à construire une maquette, alors qu'il m'a suffi d'apprendre que Pieuvre est un tueur pour être assailli par les cauchemars. »

Zacharie chercha le sommeil, mais l'angoisse liée au mauvais rêve était tenace. Quand le soleil darda ses premiers rayons à travers les fenêtres du dortoir, il était seulement parvenu à somnoler. Il attendit la sonnerie du réveil, puis fit une toilette sommaire, non sans une certaine appréhension de se regarder dans le miroir et d'y voir des formes grouiller sous son pyjama.

Il chercha en vain Émile et Anatole. Avant de rejoindre sa classe, il fit un détour par la bibliothèque pour remplir une mission que lui avait assignée la veille Anatole. Il ne vit ses camarades qu'à midi, à la sortie des cours.

Les garçons profitèrent de la récréation pour s'éclipser du pensionnat et se rendre au parc Dugommier, situé à deux pas. Ils y avaient rendez-vous avec Marie. Quand la Compagnie fut réunie, Zacharie vit qu'ils avaient tous des cernes sous les yeux. Il se dit qu'Émile devait être le seul à ne pas devoir son manque de sommeil à Pieuvre.

Ils s'installèrent sur un amas de rochers et Anatole prit la parole :

— Avant tout, je veux m'assurer d'une chose. Nous avons formé la Eiffel Compagnie pour comprendre comment Pieuvre se volatilisait, si c'était un magicien ou s'il disposait d'une machine. Il s'avère que Pieuvre est un tueur doté de pouvoirs extraordinaires. La question est : êtes-vous d'accord pour continuer l'enquête ? Inutile de vous dresser un tableau des risques à venir. Pour ma part, je reste de la partie, mais ça n'engage que moi.

La Compagnie comprenait que la question d'Anatole n'était pas une simple formalité. Chacun à des degrés divers avait conscience du danger qu'ils encouraient.

Marie hocha la tête, puis Zacharie et enfin Émile.

— Très bien, je suis content que vous ne lâchiez pas l'affaire. Marie, qu'est-ce qu'a donné ton enquête ?

Il avait été convenu la veille que Marie fasse le tour des cirques et des fêtes foraines des quartiers avoisinants. Si un homme à trois bras avait pu faire carrière en dehors du catch, c'était bien dans ce milieu-là, au côté de l'homme-tronc, de sœurs siamoises et autres anomalies de la nature.

— Un coup d'épée dans l'eau, répondit Marie en faisant la grimace. Partout, on m'a répondu : « Un gars baraqué avec trois bras ? Non, désolé, ma p'tite. J'connais pas. » Y a juste un patron d'un stand de monstruosités dans une fête foraine qui m'a donné sa carte de visite en me disant de le contacter si jamais on le retrouvait.

— Faudra que tu me la passes, intervint Émile. (Il fit un clin d'œil appuyé à Anatole.) En matière de monstres, je connais un ou deux gars au pensionnat qui pourraient faire l'affaire.

Anatole sourit, puis déclara :

— Continue, Marie, s'il te plaît.

— J'ai rien à ajouter. Poilu nous avait dit que personne dans le milieu du catch ne connaissait Pieuvre. Idem chez les forains. Si l'on s'en tient à son passé, Pieuvre est plus mystérieux que le soldat inconnu.

— Et toi, Zacharie, tu as pu apprendre quelque chose côté malformations ?

Zacharie secoua la tête.

— Non plus. Il y a déjà eu des cas d'enfants nés avec trois bras. Mais chaque fois c'est la faute d'un jumeau qui ne s'est pas développé intégralement et qui s'est en quelque sorte collé à l'autre. Le résultat, c'est que l'enfant ne naît jamais avec seulement un bras en plus, mais avec plusieurs membres de son frère ou de sa sœur. Il a trois jambes et deux têtes, quatre jambes et trois bras… mais jamais trois bras seuls. C'est simple, du point de vue médical, Pieuvre n'existe pas.

— Nous voilà bien, commenta Anatole. Pieuvre est un total inconnu doublé d'une aberration de la nature. Va falloir songer à la possibilité que nous avons rêvé.

En voyant le voile gris qui passa sur le visage de Zacharie, Anatole regretta tout de suite ses paroles. Il savait que le garçon avait été traité aux électrochocs pour ses crises. Et voilà qu'il lui annonçait qu'une partie de ce qu'il croyait être la réalité pouvait bien sortir de son imagination. À coup sûr, Zacharie se voyait déjà en chemise blanche, les électrodes sur les tempes.

— Je me suis mal exprimé, Zacharie, excuse-moi, dit Anatole. On l'a tous vu, Pieuvre. Nous et une salle entière de spectateurs qui assistait au match au Vieux-Chêne. D'accord ?

Rasséréné, Zacharie eut un léger sourire.

— Et si tu as des doutes, jette un œil à ça.

Anatole ouvrit une pochette en carton qu'il avait apportée avec lui et y prit un journal qu'il tendit à Zacharie. Zacharie le posa sur ses genoux de façon à ce que Émile et Marie puissent le voir. C'était *La Rue*, la même publication d'où provenait l'article sur les soldats de plomb.

— Page 15, précisa Anatole, j'ai entouré l'article. Puisque la visite de la boutique de figurines nous a amenés à reconsidérer la mort du fabricant et de sa femme, j'ai cherché d'autres faits divers dans lesquels Pieuvre aurait pu tremper. Et bingo !

L'article relevé par Anatole s'intitulait *Crash d'un avion fantôme*. Il était accompagné de la photo d'un avion qui volait en rase-mottes au milieu des hangars d'un aérodrome. Émile et Zacharie reconnurent en taille réelle l'engin lancé par Marie du haut de la cathédrale Notre-Dame : un Albatross. Face à la photo, le réflexe était de se dire que le pilote prenait un risque inconsidéré en frôlant les bâtiments. Mais, précisément, il n'y avait personne dans l'appareil ! Le cockpit était vide !

— Je vous la fais court, poursuivit Anatole. Il y a quinze jours, à l'aérodrome du Bourget, un mécanicien qui réparait le nouvel avion du milliardaire Hugues Félix…

— Un Albatross, précisa Marie. L'avion, c'est un Albatross.

— Oui, Marie. Tu as raison, c'est un Albatross. Le mécanicien, donc, s'est absenté quelques instants pour emprunter un outil dans le hangar d'à côté. Soudain, il a entendu des bruits de moteur dans son propre hangar. À son retour, l'avion (il jeta un regard d'excuse à Marie), pardon, l'Albatross, s'élançait déjà sur la piste. L'appareil a décollé et après quelques lacets dans le ciel est revenu en montrant des signes de ratés. Panne d'essence : le voleur ignorait que la jauge de carburant était H.S. et indiquait un réservoir toujours plein. La photo a été prise juste avant que l'avion ne se crashe sur un hangar, par un photographe venu prendre des clichés de Hugues Félix, tout fier de montrer son nouveau joujou. Et comme vous pouvez le constater, il n'y a personne aux manettes.

— Et au moment où l'avion a quitté le hangar ? demanda Zacharie.

— Le mécanicien affirme qu'il y avait un pilote. Il jurait même que son visage était masqué sous un capuchon.

— Pieuvre ! s'exclama Marie.

— Exactement. Pieuvre essaye de piquer un avion et hop, quand il s'aperçoit qu'il n'y a plus de carburant, il disparaît, laissant l'appareil s'écraser sans pilote.

— Vous oubliez un point, objecta Émile, si Pieuvre est si fortiche qu'on le croit, pourquoi il n'aurait pas fait apparaître de l'essence ?

— P'têt' que ça lui était impossible, suggéra Marie. P'têt' que ses pouvoirs disparaissent quand il est dans les airs, p'têt' qu'il peut pas faire jaillir spontanément des choses. Après tout, il a eu besoin des figurines de plomb pour faire apparaître des chevaux.

— Ça fait beaucoup de peut-être, remarqua Zacharie.

Anatole haussa les épaules comme pour dire : « C'est vrai, mais c'est tout ce que nous avons pour le traquer. »

Émile descendit de son rocher et donna un coup de pied dans un caillou qui roula sur une vingtaine de mètres.

— Moi, je suis désolé, mais je ne comprends pas. D'un coup de baguette magique, Pieuvre monte sur un ring, fait apparaître un régiment de cavaliers napoléoniens, essaye de piquer un avion. Mais bon sang, où veut-il en venir ? N'allez pas me dire qu'il a fait en partie ça pour éliminer Crocs et le couple de commerçants. Autant prendre un marteau-piqueur pour enfoncer un clou.

Les trois autres membres de la Eiffel Compagnie se regardèrent en chiens de faïence, incapables de répondre à l'interrogation d'Émile.

« Pieuvre a essayé de voler l'Albatross, se répéta Marie plusieurs fois comme si un message se cachait derrière cet événement. Sauf que des milliers d'amateurs d'aviation doivent rêver en ce moment de voler à bord de cet engin. Ce n'est pas cette information qui nous mènera à lui. Non, mais son plan a capoté à cause d'une jauge d'essence défectueuse. Alors peut-être va-t-il retenter le coup. »

— Anatole, tu nous as parlé d'une affichette qu'a déchirée Pieuvre à la boutique de figurines, dit Marie. Est-ce que tu l'as ici ?

Anatole la sortit de sa poche. La Compagnie vit l'annonce du meeting aérien se tenant au Champ-de-Mars. Marie prit le papier et le brandit devant les garçons.

— Pieuvre sera à ce meeting aérien, affirma-t-elle.

— Qu'est-ce qui te fait croire cela ? demanda Anatole.

— Si les avions étaient votre rayon, vous sauriez que l'Albatross a été fabriqué en deux exemplaires. L'un a été acheté il y a pas longtemps par un milliardaire, c'est celui dont parle l'article d'Anatole. L'autre appartient à Augustin Bonnichon. C'est avec celui-là que Bonnichon a battu son record de durée en vol. Maintenant que celui du milliardaire est en pièces détachées, l'Albatross de Bonnichon est l'unique modèle existant.

Le nom d'Augustin Bonnichon figurait sur l'affichette. Le meeting aérien se tenait dans quatre jours en son honneur, pour célébrer son exploit. L'aviateur atterrirait sur une allée du Champ-de-Mars.

— Je crois que Pieuvre va profiter du meeting pour monter pour de bon à bord d'un Albatross.

Les garçons en eurent le souffle coupé. La démonstration de Marie se tenait. Pieuvre viendrait à ce meeting et réparerait l'erreur qu'il avait commise à l'aérodrome. Ils tenaient Pieuvre.

— Comment on se débrouillera pour aller au meeting ? demanda Zacharie. C'est en pleine semaine.

— T'inquiète, on trouvera, le rassura Émile.

La cloche d'une église sonna au loin deux coups.

— Faut qu'on lève le camp, les gars, dit Anatole. Marie, on se retrouve ici le jour du meeting, à trois heures, d'accord ?

Marie opina et les enfants se séparèrent. À la sortie du parc, Émile prit comme prétexte d'avoir une affaire à régler pour ne pas suivre Zacharie et Anatole. Il fit semblant de partir dans une direction, puis retourna rapidement sur ses pas et rattrapa Marie. Il arriva auprès d'elle, essoufflé. Il hésita un instant, puis se jeta à l'eau. Il sortit de son manteau la maquette qu'il confectionnait chaque nuit depuis un mois.

— Bon anniversaire, dit-il en l'offrant à Marie.

— Waouh ! Mais… comment t'as su que c'était mon anniversaire ? dit-elle en écarquillant les yeux.

— Je l'ai su, c'est tout. Elle te plaît ?

— Elle est géniale. C'est un Phénix, c'est ça ?

— Affirmatif, j'ai acheté les pièces, mais c'est moi qui l'ai monté et peint. N'essaye pas de le faire voler. Sinon, il va finir en piqué, direct. Il est trop lourd.

— Je te promets de ne pas tenter le coup. Merci, Émile.

Marie se pencha et déposa un baiser sur la joue du garçon. Émile espéra alors que Marie ne tienne pas sa promesse et que l'avion finisse dans la Seine. Il aurait une raison de lui en offrir un autre.

— Faut que j'y aille maintenant, lui dit Émile, qui aurait bien aimé que ce moment dure une éternité.

— On se voit jeudi, alors ?

— Oui.

Émile était sur le point de partir, mais Marie l'arrêta.

— Tu nous as inquiétés l'autre jour au Vieux-Chêne, dit-elle, soudain grave. Tu nous refais plus ça, d'accord ?

— D'accord, chef ! soupira Émile.

Il s'éloigna d'un pas alerte, heureux comme un roi. Marie s'inquiétait de lui. Si ce n'était une marque d'affection, cela !

8

S.O.S. au Champ-de-Mars

Émile tenait en horreur les représentations théâtrales données une fois par trimestre dans l'amphithéâtre du pensionnat. Plus soporifique, tu meurs. Pourtant, il applaudit des deux mains en apprenant la date de la première d'entre elles : elle avait lieu durant le meeting aérien d'Augustin Bonnichon. Le jour J, les garçons se joignirent au flot d'élèves se déversant sur les gradins de la salle de spectacle. Ils attendirent que la surveillance des professeurs s'émousse et prirent la poudre d'escampette.

Le Champ-de-Mars n'était pas la porte à côté. À pied, les garçons auraient tout juste le temps de faire l'aller-retour dans le temps imparti. Aussi, après avoir retrouvé Marie, la Compagnie se cotisa pour s'offrir un taxi. Le chauffeur rechigna à transporter des enfants, mais accepta quand les pièces cliquetèrent dans le creux de sa main. « Si ces messieurs-dames veulent bien s'accrocher », persifla-t-il en enfonçant la pédale d'accélérateur.

La circulation était arrêtée dans les environs de la tour Eiffel. Le taxi déposa donc ses clients à deux rues du monument. Une foule compacte était déjà amassée au pied de la tour, sur la pelouse qu'on appelait le Champ-de-Mars. Bien que Zacharie soit déjà venu en ces lieux (c'était l'unique condition qu'il avait mise à son intégration dans un pensionnat de Paris : visiter la tour Eiffel), il ne put s'empêcher de réprimer un léger vertige en passant sous les immenses pylônes de fer qui constituaient l'édifice. Plus loin, des cabanes à confiseries nourrissaient des files de gamins braillards et des vendeurs ambulants faisaient jaillir dans le ciel des petits avions à l'hélice entraînée par un caoutchouc.

La Compagnie passa devant une tribune officielle bondée de spectateurs et se fraya un chemin jusqu'à l'allée qui traversait le Champ-de-Mars. L'allée, visiblement dégagée pour permettre l'atterrissage d'Augustin Bonnichon, était gardée par un cordon de policiers. Si Pieuvre avait décidé d'agir aujourd'hui et de rattraper sa boulette du Bourget, c'était à coup sûr ici qu'il le ferait, après que l'appareil de Bonnichon aura posé ses roues sur le sol.

Anatole scruta le public rangé le long de l'allée sans repérer Pieuvre. Il se tourna vers ses camarades :

— Si quelqu'un localise Pieuvre, il avertit les autres,

c'est tout. Pas de coup d'éclat. Pieuvre est dangereux. Même si le crime n'a pas l'air d'être sa motivation, il n'hésite pas à tuer. Compris, Émile ?

Émile porta une main sur sa poitrine en écarquillant les yeux.

— Oui, tu évites s'il te plaît les actions héroïques comme au Vieux-Chêne. Je n'ai pas envie de te ramasser à la petite cuillère.

— Et après, qu'est-ce qu'on fait ? demanda Zacharie.

— Si la théorie de Marie est juste, il cherchera à voler l'avion après l'atterrissage de Bonnichon. À nous de nous débrouiller pour qu'il ne parvienne pas à faire décoller l'appareil. Forcer le cordon pour ameuter les policiers devrait suffire. Logiquement, Pieuvre devrait renoncer à sa mission et la balle sera dans notre camp. On aura qu'à le suivre de loin en espérant qu'il ne nous claque pas entre les doigts.

Le ronronnement d'un moteur résonna dans le ciel. Au loin, on apercevait une tache noire. Une clameur monta de la foule. L'Albatross arrivait.

L'avion s'approcha puis Augustin Bonnichon, debout dans son cockpit, ses lunettes d'aviateur relevées sur le casque, passa en rase-mottes au-dessus du Champ-de-Mars, faisant monter d'un cran la liesse populaire. Les photographes en profitèrent pour illuminer brièvement la carlingue avec leurs flashs. Émile se promit d'obtenir une de ces photos pour l'offrir à Marie. La jeune fille observait l'aviateur, béate d'admiration.

Bonnichon fit exécuter à son engin plusieurs loopings, que la foule ponctua de cris d'inquiétude, puis fonça droit vers la tour Eiffel. Des gens détournèrent les yeux, pensant le choc inévitable, mais l'avion se glissa dans l'espace qui séparait le premier et le deuxième étage. Un soupir de soulagement accueillit la prouesse. Bonnichon fit demi-tour pour réitérer la manœuvre, mais à l'approche du monument, son avion se cabra soudainement et fonça vers la plateforme du deuxième étage. Il s'en écarta de justesse, puis se mit à virevolter dangereusement autour du monument comme une abeille soûle de nectar. Croyant à de nouveaux exploits, le public criait olé ! chaque fois qu'il frôlait le métal.

— Quelque chose cloche, fit Marie.

— Quoi ? demanda Anatole.

— Bonnichon. Ce qu'il fait est complètement fou. Il va se tuer.

Marie se glissa dans la foule jusqu'à des jumelles sur pied, sentant son inquiétude croître à chaque pas. Elle introduisit une pièce dans le monnayeur et pointa les jumelles vers l'Albatross. L'avion avait entamé une descente en piqué. Le grossissement des jumelles n'était pas énorme mais suffisant pour distinguer le second fauteuil que possédait l'appareil. Ce que vit Marie sur ce fauteuil lui coupa la respiration.

Pieuvre était assis, s'agrippant d'une main à la carlingue, et tentant des deux autres de jeter le pilote par-dessus bord. Augustin Bonnichon résistait tant bien que mal, les sangles de son siège l'aidant probablement à ne pas faire le grand saut.

— Pieuvre est dans l'avion ! s'exclama-t-elle.

— Quoi ? ! fit Anatole, stupéfait.

— Il essaye de faire tomber Bonnichon.

Anatole prit la place de Marie et plaquait ses yeux sur l'oculaire lorsqu'un grand boum provint de la tour Eiffel : l'Albatross venait de percuter le deuxième étage du monument. Un cri d'effroi poussé par une vieille dame sur sa droite déchira les tympans d'Anatole. Le choc avait amputé l'avion d'une aile, qui restait coincée dans le réseau métallique du monument. L'amputation eut pour conséquence de condamner l'avion à une vrille vertigineuse, qui aurait certainement suffi à elle seule à tuer le pilote. L'appareil s'écrasa au pied de la tour. Sous le choc, il se transforma en un mikado d'acier, d'où s'éleva un panache de flammes.

La Compagnie arriva sur place en même temps que les pompiers. Le feu s'était propagé aux cabines qui vendaient les tickets d'entrée aux ascenseurs. Avant que les lances à incendie ne recouvrent l'épave d'un voile d'eau mousseuse, les enfants eurent le temps d'apercevoir la dépouille d'Augustin Bonnichon, encastrée dans ce qui restait du cockpit. En revanche, aucune trace d'homme à trois bras.

— Bon sang ! enragea Anatole.

Les curieux formaient un cercle autour des décombres. La police peinait à les contenir. Le regard d'Émile fut attiré par l'extrémité arrondie d'un capuchon en laine rousse. En se penchant, Émile vit qu'il appartenait à un moine. Émile pensa aussitôt à Pieuvre, mais se dit que la silhouette n'était pas assez trapue pour être la sienne. L'autre possibilité était évidemment qu'elle appartienne au complice de Pieuvre.

— Regardez qui est là, fit Émile à l'adresse de ses camarades.

— Un des moines ! dit Zacharie.

— Ouais, vu la silhouette, à mon avis ce n'est pas Pieuvre.

— Son complice ? suggéra Zacharie.

— P't'être.

Le moine fit volte-face à ce moment-là et disparut dans la foule.

— Bon, celui-là, on ne le laisse pas filer, fit Anatole.

En jouant des coudes, ils traversèrent la foule dans la direction qu'avait empruntée le moine. Ils le rattrapèrent à la sortie du Champ-de-Mars. Il boitait. Il donnait l'impression de souffrir d'une hanche ou d'une jambe.

Il entra dans une rue adjacente et obliqua dans la rue suivante. Quand les enfants bifurquèrent à leur tour, ils se retrouvèrent face à face avec lui, car il s'était retourné pour demander quelque chose à un passant. Les jeunes enquêteurs prirent un air détaché, mais c'était trop tard. Méfiant, le moine repartit en accélérant l'allure. Ils étaient suffisamment proches de lui pour entendre le grincement métallique si caractéristique.

— Mince, on est grillés, fit Marie.

— Tant pis, on fonce et on le stoppe, dit Anatole.

En ligne droite, une poignée de secondes aurait suffi à la Compagnie pour rejoindre le moine. Mais celui-ci s'engouffra subitement sous un porche. Quand les enfants arrivèrent, ils découvrirent qu'il s'agissait d'un hôpital. En pénétrant, le moine avait joué aux quilles avec les malades qui attendaient dans l'entrée et les avait envoyés valdinguer sur le sol. Avec prudence, les jeunes limiers s'avancèrent au milieu d'eux, cherchant du regard le fuyard. Un escalier descendait sur leur droite. Des claquements de pas en montaient. Ils s'y précipitèrent.

Du bas de l'escalier partaient deux couloirs vides. Une rangée de portes s'ouvraient de chaque côté.

— Marie et Zacharie, vous prenez le couloir de gauche, lança Anatole. Émile et moi, celui de droite. Dès qu'un groupe repère le moine, il alerte l'autre. D'accord ? Pas d'imprudence, même si ça m'étonnerait que le moine possède les mêmes pouvoirs que Pieuvre. Sinon, il se serait déjà volatilisé.

Marie et Zacharie hochèrent la tête et avancèrent. Leurs pieds couinaient sur le sol blanc carrelé du couloir. Après son expérience avec le docteur Cerletti, Zacharie n'avait pas un faible pour les hôpitaux. Alors inutile de dire qu'en poursuivant ici le complice d'un tueur, il n'en menait pas large. Il sentait dans son pantalon ses genoux jouer des castagnettes.

— On essaye celle-là ? chuchota Marie en désignant la première porte.

— D'accord, répondit Zacharie en faisant un effort pour maîtriser sa voix.

La porte était munie d'un carreau à travers lequel Marie regarda. C'était une buanderie, avec ses bacs de linge sale et ses piles de vêtements repassés.

— Je ne vois rien, dit Marie.

— Alors on va à la suivante.

Les enfants avaient à peine fait deux pas qu'un coup à la porte se fit entendre. Ils s'immobilisèrent.

— Tu as entendu ? fit Zacharie. Tu disais qu'il n'y avait personne.

— Il y avait des grands bacs à linge sale. Il s'est peut-être caché dedans.

Marie jeta un nouveau coup d'œil. Non, les bacs étaient vides. Elle plaqua son visage contre la vitre pour scruter le côté. Non seulement il n'y avait personne, mais il n'y avait aucun endroit pour se cacher. Elle secoua la tête.

— Ça devait venir d'ailleurs, dit-elle.

Ils s'apprêtèrent à tourner les talons, mais perçurent un nouveau cognement.

— On n'a qu'à entrer, dit Zacharie. Juste une seconde. Pour en avoir le cœur net.

Il entendait la voix d'Anatole leur recommander : « Pas de geste imprudent. » « On va juste vérifier, dit-il à cette voix. On entre et puis on ressort tout de suite. On ne prendra aucun risque, promis. »

Une forte odeur de lessive flottait dans la buanderie. L'atmosphère humide aurait pu être celle d'une jungle tropicale. Une rapide inspection des lieux leur montra qu'il n'y avait personne. Zacharie n'aima pas cela. Il aurait préféré tomber sur un membre du personnel de l'hôpital, quitte à être jeté dehors, plutôt que de rester dans l'incertitude.

Toc, toc ! Nouveau cognement à la porte.

Zacharie et Marie firent volte-face et se figèrent. « Avaient-ils la berlue ? » Il y avait une blouse blanche dans l'encadrement de la porte, mais personne à l'intérieur. La blouse était vide et flottait dans les airs. Une manche pointée vers Zacharie oscillait verticalement, cherchant la main du garçon pour la serrer. « Enchanté », paraissait-elle dire.

— Marie, dis-moi que je rêve…, balbutia Zacharie en reculant.

— Si tu rêves, je rêve aussi, dit Marie d'une voix chevrotante.

Zacharie attrapa un balai posé sur le côté et le brandit comme bouclier. Il aurait préféré avoir un fusil-mitrailleur, mais c'était tout ce qu'il avait sous la main.

La blouse fonça vers lui et enroula ses manches autour du balai. Elle lui arracha l'objet des mains et se mit à frotter frénétiquement la tige. Le mouvement rongeait le bois. Une odeur de brûlé imprégna l'air et un petit tas de sciure se forma sur le sol. En un clin d'œil, la tige fut grignotée dans toute sa longueur. La blouse se plia alors en deux vers l'avant, tel un concertiste saluant son public.

Zacharie avait beau avoir beaucoup d'imagination,

celle-ci avait ses limites. Il se jeta sur la blouse en brassant l'air avec ses mains et en hurlant :

— Disparais ! Tu n'es pas réel !

Hélas pour lui, la blouse était tout ce qu'il y avait de plus réel. Quand il l'atteignit, les deux pans du vêtement s'ouvrirent et l'enlacèrent. Puis en un éclair, les deux manches se nouèrent dans son dos, l'emprisonnant.

— Au secours, Marie ! cria Zacharie en se débattant.

— Je vais te sortir de là ! fit Marie. Je vais te sortir de là !

Marie avait dit cela juste pour rassurer Zacharie. Elle n'avait en réalité aucune idée sur la manière d'y parvenir. Elle balaya du regard la buanderie. « Bon Dieu, si vous existez, c'est le moment de vous manifester, dites-moi comment on arrête une blouse vivante ! »

La blouse ballottait Zacharie comme une marionnette. Un claquement de pied sur le sol, un tour sur lui-même, un jeu de jambes… elle enchaînait les figures dans une chorégraphie absurde. Zacharie, qui ne contrôlait absolument rien de ses mouvements, commençait à avoir le mal de mer.

— Marie, vite !

La lumière douce de l'après-midi de septembre pénétrait par une fenêtre au fond de la buanderie. Sous la fenêtre étaient posés un cendrier et une boîte d'allumettes. Marie prit les allumettes ainsi qu'un portemanteau sur une étagère. Elle enroula un linge autour de ce dernier, qu'elle entreprit d'embraser. L'opération réussie, elle avait dans les mains une torche dont la flamme dansait. S'il y avait une chose qu'une blouse vivante craignait, ce devait être le feu.

Elle se tourna vers son adversaire et brandit son arme.

Dans le second couloir, Émile avançait derrière Anatole en jetant des regards inquiets sur les côtés. En temps normal, il serait passé devant et aurait foncé tête baissée dans le danger ; il avait toujours été une tête brûlée. En temps normal, oui…

« Si tu veux marcher devant, Anatole, songea-t-il, eh bien vas-y. Tu veux que je te rappelle ce qui est arrivé à Crocs et Isidore Guillermot ? L'un a été bouffé par des vers géants, l'autre a été écrabouillé par des soldats de plomb ! Et nous, on aura le droit à quoi ? D'être coupés en deux par le bistouri qu'un chirurgien a laissé traîner ? »

La peur faisait s'entrechoquer ses genoux. Il en avait du mal à marcher. Jamais il n'avait ressenti un tel besoin urgent de se détendre. Il remarqua deux vieux fauteuils roulants rangés le long du mur. Il s'assit sur l'un en laissant Anatole continuer seul un instant.

Le couloir était si long qu'Anatole en voyait à peine le fond. Des canalisations couraient le long du plafond. Il faisait chaud. Il s'arrêta à une porte d'où émanait un bourdonnement. Le carreau étant masqué par un vêtement suspendu à l'intérieur. Il entra et se retrouva dans la chaufferie. Elle n'abritait que de grosses machines sentant le fioul. Il sortit et bondit en arrière au moment de franchir le seuil. Il venait de manquer de peu de se faire écraser par Émile perché sur un fauteuil roulant.

Il crut à une mauvaise blague de son camarade, mais vit qu'Émile ne rigolait pas du tout. Au contraire même. Il était terrorisé.

— Je cherche... à... m'arrêter, hurla Émile, mais le... le fauteuil ne veut pas.

— Comment ça le fauteuil ne veut pas ?

Émile montra à Anatole qu'il pouvait serrer la roue tant qu'il voulait, le fauteuil ne ralentissait pas. Il finit par retirer ses mains. Le frottement y avait laissé des marques rouges qui le brûlaient.

Le fauteuil se mit à tourner comme une toupie, à une vitesse vertigineuse.

— Saute ! cria Anatole.

Émile se pencha du siège. Aidé par la force centrifuge, il fut projeté contre le mur du couloir. Il s'écrasa sur le crépi et tomba au sol d'un mètre de haut. Anatole se précipita pour l'aider et n'entendit pas derrière lui le grincement que produisit le second fauteuil en roulant. Émile accueillit la main tendue par son camarade et se releva. Debout, il ouvrit de grands yeux. Anatole le remarqua et se retourna.

Le second fauteuil fonçait sur eux.

La torche eut l'effet escompté.

Au moment où Marie la brandit vers la blouse,

celle-ci eut un soubresaut ; elle paraissait effrayée – si tant est qu'une blouse puisse être effrayée. Marie se rapprocha et la blouse lâcha Zacharie. Marie n'attendit pas qu'une deuxième chance se présente et enfonça la torche dans les replis du vêtement. La manche droite prit feu. La blouse chercha à l'éteindre en balayant l'air. Ce qui ne fit qu'attiser le feu et arroser les alentours de flammèches.

Marie aida Zacharie à se redresser et l'emmena vers la sortie. Il avait juste l'air sonné. Émile lui avait raconté les crises dans lesquelles le garçon plongeait en cas d'angoisse, mais rien de tout ça ne semblait survenir.

Marie et Zacharie étaient sur le pas de la porte quand la blouse, animée d'un éclair d'intelligence – oui, d'intelligence ! –, plongea sa manche enflammée dans un bac rempli d'eau savonneuse. Un chuintement accompagna le dégagement de vapeur produit par la réaction. Puis elle fonça droit sur ses adversaires.

Les deux enfants s'enfuirent dans le couloir. C'est alors qu'ils virent débouler à contresens Émile et Anatole, complètement paniqués. Ils ne comprirent la raison de leur angoisse que quelques instants plus tard : les garçons avaient aux trousses deux fauteuils roulants fantômes.

Il y eut un drôle d'instant où les quatre enfants réalisaient la nature du ou des poursuivants du groupe d'en face, puis la situation tourna au ridicule. Les deux groupes fonçaient l'un vers l'autre. Ils savaient que leur rencontre ne résoudrait rien, mais, faute de trouver mieux, nul ne changeait d'un pouce sa ligne de conduite, qui se résumait à courir aussi vite que possible.

Zacharie les sortit de l'impasse. Alors que deux petits mètres les séparaient lui et Marie des fauteuils, il cria à la jeune fille :

— On plonge sous les fauteuils !

— Quoi ? !

Sans comprendre, Marie exécuta l'ordre d'instinct. Ils plongèrent tous les deux. La blouse plongea elle aussi et étendit ses bras pour les attraper. Tandis que Zacharie et Marie émergeaient de l'autre côté des fauteuils, les manches se prirent dans les roues et s'y emmêlèrent. Elles bloquèrent alors les fauteuils. Le tout s'arrêta net. Les fauteuils eurent un spasme, comme un oiseau tombé du nid qui se relèverait pour une ultime tentative de vol. Mais ce fut en vain, les objets étaient trop enchevêtrés. Ils perdirent alors leur souffle de vie aussi vite qu'ils s'étaient animés.

— Bien joué, Zacharie ! lança Marie en se relevant.

Émile aida Zacharie à se remettre debout et lui tapota le dos.

— T'es un chef, Zacharie, rappelle-moi de ne plus t'envoyer au fond d'un puits.

Anatole entendit un bruit de pas irrégulier venant du bout du couloir. Il comprit qu'il s'agissait du moine et s'élança tel un guépard. Il obliqua et vit plus loin le fugitif se diriger vers une issue de secours.

Alors qu'Anatole allait le rattraper, il engouffra ses

mains dans sa bure. Le vêtement se releva un peu donnant l'impression qu'il manipulait un objet. Un signal d'alarme retentit dans l'esprit d'Anatole. Ni une ni deux, il se jeta sur lui. Le moine accéléra juste à ce moment-là, par conséquent Anatole ne parvint qu'à agripper la toile de son vêtement. La bure glissa et tomba au sol.

Anatole vit alors que celui qui se cachait sous l'habit était un jeune homme d'une vingtaine d'années à la chevelure noire comme le charbon. Ses yeux étaient logés dans de profondes orbites. Il avait une jambe artificielle en métal. C'est elle qui produisait le grincement métallique ; la charnière qui permettait au genou de se plier aurait mérité un bon coup de graisse. Il tenait un petit carnet dans une main et un stylo-plume dans l'autre.

L'homme stoppa sa course devant la sortie de secours et se retourna, hors d'haleine. À l'aide du stylo-plume, il griffonna quelque chose sur son carnet et Pieuvre apparut devant Anatole. Il avait jailli de nulle part, en un claquement de doigts. Il se pencha sur Anatole et le garçon entraperçut l'intérieur de sa bouche. Pieuvre n'avait pas de dents. À la place, il y avait une rangée de lames de rasoir.

— Tu sssais ssse que je fais des morpions qui me collent aux fessses ? dit Pieuvre.

Épouvanté, Anatole réalisa que le sifflement qui déformait les mots de Pieuvre était dû aux lames de rasoir. L'air s'infiltrait dans les interstices des lames, qui faisaient office de sifflets.

Sans attendre la réponse d'Anatole, Pieuvre élargit sa bouche démesurément – aux yeux d'Anatole, ce n'était plus une bouche mais un gouffre. Il allait la refermer sur le garçon quand le reste de la Compagnie surgit à l'autre bout du couloir et se figea, de peur de provoquer la fureur de Pieuvre.

Pieuvre parut déstabilisé par cette irruption. Il émit des grognements, puis fit volte-face. Il prit l'homme à la jambe métallique dans ses bras et disparut par l'issue de secours, cette fois en empruntant l'escalier comme tout un chacun.

Avec une célérité qui interdisait toute poursuite.

9

Pieuvre tient le haut de l'affiche

Des sirènes de pompiers continuaient d'hurler au loin lorsque la Compagnie quitta l'hôpital. L'incendie qui s'était déclaré au Champ-de-Mars semblait avoir donné du fil à retordre aux hommes du feu.

Anatole marchait voûté. Il donnait l'impression de porter un fardeau de cinquante kilos sur les épaules.

— J'ai bien cru que ma carrière d'enquêteur s'arrêterait avant d'avoir commencé. Pieuvre était si près… je sentais son souffle sur mon visage.

— Tu parles, Pieuvre n'aurait jamais osé s'attaquer à Anatole Eiffel, le nouveau Sherlock Holmes, mentit Marie pour le réconforter.

— En tout cas, merci. C'est vous qui avez fait fuir Pieuvre.

— On n'a pas fait grand-chose, intervint Émile. On est juste arrivés à pic.

— Merci quand même. Et toi, Zacharie, comment ça va ?

— J'ai été capturé par une blouse fantôme, deux fauteuils roulants ont essayé d'écraser mes copains, mais à ma grande surprise, ça va plutôt bien. Faut croire que je m'accoutume.

Anatole sourit de voir qu'il en était ainsi. Les enfants accélérèrent le pas dans la direction opposée au Champ-de-Mars, là où Marie avait cru voir une borne de taxi. La fin de la représentation théâtrale au pensionnat approchait. Avec un peu de chance, s'ils avaient un taxi immédiatement, ils arriveraient à temps.

Le vent glacial qui soufflait confirmait une fois de plus que les beaux jours de l'été étaient derrière eux. Au coin de la rue, Émile se retourna vers ses camarades. Pour une fois, il savait que ses propos allaient être un peu déplacés, mais il fallait bien détendre l'atmosphère.

— Vous savez ce que je ferais si j'avais les pouvoirs de Pieuvre ? Je deviendrais entraîneur cycliste. Et quand mes coureurs auraient une côte à monter, eh bien je leur donnerais un petit coup de pouce. S'il est capable de faire avancer des fauteuils roulants, alors il peut…

Émile s'était arrêté en voyant le visage de ses camarades passer du blanc au vert.

— Pieu… Pieuvre, réussit à balbutier Zacharie.

— Et alors Pieuvre ?

— Der… derrière toi.

Émile fit volte-face et sursauta. Pieuvre était à moins d'un mètre de lui. Mais pas le Pieuvre en chair et en os, une reproduction taille réelle affichée sur une colonne Morris. Il y figurait à moitié caché dans l'ombre d'un porche. Un rai de lumière se jetait sur son troisième bras. Émile le pressentait, ce qui avait inquiété ses amis n'était pas le dessin mais le long slogan qui barrait l'affiche :

IL Y A DEUX ESPÈCES HUMAINES DANS LA CAPITALE. UN CONSEIL : NE CROISEZ PAS LA ROUTE DE LA SECONDE. PIEUVRE OU LES SOMBRES MYSTÈRES DE PARIS. TOUS LES JOURS, UN ÉPISODE DANS LE JOURNAL LA RUE.

Anatole songea d'abord à une plaisanterie de la part de Pieuvre ou de l'homme à la jambe en métal, avant de se raviser, saisissant mal l'intérêt d'une telle farce. Il n'avait pas la patience d'attendre le pensionnat pour vérifier l'information. Il repéra un vendeur de journaux ambulant et alla lui acheter un exemplaire du journal *La Rue*. À la page feuilleton indiquée dans le sommaire, il vit une colonne intitulée *Notre grand feuilleton quotidien : Pieuvre ou les sombres mystères de Paris, par Jean Fréhel. Épisode 36.*

« Comment ai-je pu passer à côté lors de mes recherches, la rubrique faits divers n'était que quelques pages plus loin ? », songea Anatole avant de parcourir rapidement le texte.

Le Pieuvre de papier était un criminel œuvrant dans les quartiers malfamés de Paris. Le feuilleton décrivait un personnage proche du véritable monstre. Son physique et ses pouvoirs extraordinaires étaient les mêmes.

Anatole fit part de sa découverte à ses camarades. En l'écoutant, Zacharie sentit une sorte de digue se lézarder en lui. Cette digue avait su contenir l'afflux d'événements insolites dont il avait été témoin et l'avait protégé d'une crise. Mais la nouvelle information était la goutte d'eau de trop et la digue se fissurait. « Pieuvre n'est pas un personnage de papier ! Pieuvre n'est pas un personnage de papier ! », se répéta-t-il comme pour s'en convaincre.

Émile trouvait que Zacharie virait un peu trop au vert pour que sa réaction se limite à de la surprise.

— Mince, Zacharie part en vrille ! s'écria-t-il.

Zacharie soudain s'affaissa. Émile se précipita juste à temps pour le rattraper. Il le prit sous les aisselles et l'assit par terre, dos contre un immeuble. Zacharie s'était mis à grelotter. Anatole se servit du journal pour lui souffler de l'air sur le visage.

— Quelqu'un a un truc à manger pour le remonter ?

Émile et Marie secouèrent la tête.

— On n'a qu'à l'emmener à hôpital, dit Émile.

— T'es cinglé, rétorqua Anatole, tu veux qu'ils avertissent Poincaré ?

Marie, Émile et Anatole restèrent plantés devant Zacharie en priant le ciel que la crise soit passagère.

Au bout d'un moment, une esquisse de sourire s'afficha sur les lèvres du garçon, signe que le danger d'une crise grave était écarté.

— Bon retour chez nous, dit Marie en lui décochant un clin d'œil.

— Tu nous as fait peur, dit Émile en soupirant.

Zacharie se redressa pour montrer qu'il avait repris ses esprits.

— Bof, relativisa-t-il en haussant les épaules, vous m'auriez vu avant de suivre un traitement, là vous vous seriez inquiétés. J'étais tellement blanc que je ressemblais à un mort-vivant.

— Dis, c'est vrai que t'as été soigné avec des électrochocs ? l'interrogea Émile.

Anatole regarda Émile en fronçant sévèrement les sourcils. C'était lui qui avait mis au courant Émile de la façon dont on traitait les gens comme Zacharie, mais il lui avait recommandé de tenir sa langue.

— Ouais, c'est vrai.

— Ça fait mal ?

Zacharie acquiesça d'un signe de tête sans rien dire, mais son expression fit autant frissonner Émile que s'il avait rencontré à nouveau Pieuvre.

— Tu te sens d'attaque pour rentrer ? demanda Anatole.

Zacharie répondit affirmativement et ils repartirent.

Quarante minutes après, la Compagnie se séparait devant le pensionnat avec un poids sur le cœur. Avoir affronté le même danger avait soudé de nouveaux liens entre eux. Marie partit de son côté, tandis que les garçons franchirent le soupirail qui donnait dans la cave de l'école. C'était au tour de Zacharie lorsqu'ils entendirent le grattement d'une allumette sur le mur. Aussitôt après, la lumière aveuglante d'une lampe à pétrole inonda la cave.

— Anatole Eiffel... Toujours dans les mauvais coups, hein ?

Les garçons se protégèrent les yeux de la lumière, mais cela ne les empêchait pas de reconnaître le propriétaire de cette voix : M. Gaboriau, alias Monsieur Muscle. La température n'atteignait qu'une dizaine de degrés dans la cave et pourtant Zacharie vit, une fois ses yeux accoutumés à la lumière, que le directeur portait ses éternelles chemises retroussées jusqu'aux épaules, biceps bien en évidence. Brillait dans ses yeux une lueur que Zacharie connaissait bien pour avoir vécu à la campagne : la satisfaction du chasseur qui a débusqué ses proies.

Zacharie sortit du bureau du directeur en faisant signe à Anatole que c'était à son tour. Il leva un pouce en guise d'encouragement, puis vint s'asseoir à côté d'Émile, sur le banc en bois adossé au mur du couloir. Anatole pénétra dans le bureau, refermant soigneusement la porte derrière lui. Il était le dernier à passer.

— T'as eu droit aussi au sermon ? demanda Émile à Zacharie.

— Je serais complètement inconscient d'être sorti... j'engage la responsabilité de l'école, si jamais j'avais été victime d'une crise... ce genre de trucs. Je ne sais pas pourquoi mais il a oublié : « Et si vous étiez tombé sur une chemise volante ? »

— Est-ce qu'il va prévenir tes vieux ?

— Non, à la condition que j'ai une moyenne de 16 sur 20 aux premiers examens.

— Qu'est-ce que tu comptes faire ?

— Est-ce que j'ai le choix ? Je vais m'enfermer dans la bibliothèque et bûcher.

Ce n'était qu'une partie de la vérité. La crise passagère qui l'avait étreint cet après-midi avait inquiété Zacharie. Pour le repos de son esprit, il fallait qu'il mette le holà à sa participation à la Eiffel Compagnie, au moins pour un temps.

Il renvoya sa question à Émile.

— Moi, c'est 18 sur 20 que je dois avoir ! répondit Émile se prenant la tête avec les mains. Je peux déjà mettre au parfum mes parents. Jamais je n'aurai cette note.

Une voix colérique fit tout à coup trembler Zacharie et Émile. Elle provenait du bureau du directeur :

— Monsieur Eiffel ! Vous êtes un désinvolte !

Dans le bureau, M. Gaboriau faisait les cent pas en inondant Anatole de remontrances. Ses pieds couinaient sur le parquet quand il tournait sur lui-même.

— C'est bien beau de vous amuser à jouer les détectives ! D'enfermer vos camarades dans les caves de l'école pour flatter votre sagacité. Ça vous étonne que je sois au courant, hein ? Vous croyez être le seul à tout savoir ? Eh bien, non, c'est encore mon établissement. Et aujourd'hui, pourquoi êtes-vous sorti ? Je sais que c'est vous le cerveau de la bande, Eiffel, alors c'est à vous que je le demande : qu'est-ce que vous faisiez dehors ?

— Je ne peux rien vous dire, répondit Anatole sur un ton neutre.

— Et pourquoi donc ?

Un goût de sang monta dans la gorge d'Anatole, le même qui était apparu au moment où les lames de rasoir plantées dans la bouche de Pieuvre allaient s'abattre sur lui. « Parce que vous ne me croiriez jamais, pensa-t-il. Et si jamais vous croyiez une once de ce que je raconte, cela pourrait suffire à mettre votre vie en danger. »

— Je suis désolé, je ne peux rien dire.

À l'étonnement d'Anatole, M. Gaboriau resta serein.

— Eiffel, vous savez que vous n'êtes pas un élève comme les autres, ici. Vous ne deviez pas intégrer le pensionnat, vos notes étaient déplorables.

Anatole comprit quel chemin empruntait Monsieur Muscle et il trouvait cela déloyal.

— Si je vous ai accepté, poursuivit le directeur, c'est purement à cause de votre situation familiale… à cause de votre père.

Le père d'Anatole avait été soldat. Il y a quatre ans, on l'avait envoyé en mission. Il en était revenu dans un cercueil à cause d'un stupide accident de grenade. Son régiment avait subi une pénurie de vivres. Tiraillé par la faim, son père avait commencé à délirer. Le neuvième jour, il avait saisi une grenade et s'était mis à la reluquer en salivant comme s'il s'était agi d'une pomme. Il avait ôté la goupille, pensant probablement retirer la queue, et l'avait avalée.

La mort de son père avait complètement déstabilisé Anatole. Du jour au lendemain, ses résultats avaient plongé. Sans le salaire de son mari, sa mère avait été contrainte de se faire embaucher comme employée de maison et Anatole avait été placé en pension. Généreux, M. Gaboriau avait bien voulu fermer les yeux sur le carnet de notes de l'enfant pour l'accepter à Henri-Poincaré. Grâce aux relations d'Émile, Anatole avait fait l'acquisition d'une grenade qu'il avait cachée au fond de son armoire. Il avait cru un temps que le simple fait de posséder cet engin de mort lui donnerait la force d'affronter l'absence de son père. Mais il s'était trompé. Si le spectre de son père ne le tourmentait plus depuis un moment, c'était plutôt parce qu'il ne lui en laissait pas le temps, se consacrant à la lecture d'encyclopédies ou de divers manuels techniques.

Malgré le rappel de ces moments douloureux, Anatole s'efforça de garder son calme.

— Cela n'a rien à voir avec ce qui s'est passé aujourd'hui, dit-il.

— Au contraire, cela a TOUT à voir ! Mon indulgence vous oblige au sans-faute. Dans n'importe quel autre établissement, on vous aurait déjà mis à la porte.

— Dans n'importe quel établissement, on ne pratiquerait pas le chantage affectif avec la mort d'un parent.

Les yeux du directeur s'injectèrent soudainement de sang.

— Eiffel ! Vous oubliez à qui vous vous adressez !

Anatole comprit soudain qu'il avait franchi une limite. Il baissa la tête dans un faux geste de repenti.

— Je vous repose une dernière fois la question, Eiffel. Qu'est-ce que vous faisiez dehors ?

Anatole resta muet.

— Eh bien soit, si c'est ce que vous souhaitez.

Le directeur ouvrit la porte de son bureau et interpella Yvan, qui faisait les cent pas dans le couloir.

— Veuillez accompagner M. Eiffel jusqu'à la bibliothèque, s'il vous plaît. Il y passera désormais toutes ses journées à potasser ses cours. Tout contact avec les autres élèves durant ces heures est interdit.

Yvan vint chercher Anatole en le tirant par l'épaule. Quand ils passèrent devant Zacharie et Émile, Anatole adressa un sourire amical à ses camarades. Un sourire qui disait : « Ne vous inquiétez pas, on a affronté un être qui insuffle la vie à des figurines de plomb, on devrait pouvoir s'en sortir avec un directeur d'école. » Puis escorté par Yvan, il rejoignit sa prison du deuxième étage.

10

Un deuxième visage connu dans le journal

Anatole trouvait un avantage à être retenu dans la bibliothèque : il avait tout le temps pour se plonger dans les aventures de Pieuvre, le héros de papier. Naturellement, il était censé étudier les leçons prescrites par ses professeurs. Mais la priorité était ailleurs, auprès de Pieuvre et de l'homme à la jambe d'acier. Les leçons attendraient.

Après avoir récupéré les journaux près de la cheminée, Anatole s'installa à la petite table où il avait été consigné. La totalité des exemplaires de *La Rue* sur lesquels il avait mis la main constituaient une pile de quarante centimètres. Il en avait déjà consulté la plupart lors de ses recherches de faits divers.

Certains comportaient donc des trous à l'emplacement d'articles qu'il avait découpés, tel celui sur le meurtre du fabricant de soldats de plomb.

Il jeta un œil à Yvan pour vérifier qu'il ne s'intéressait pas à lui et s'attaqua à la lecture de la rubrique feuilleton. Il allait avoir du pain sur la planche. *Pieuvre ou les sombres mystères de Paris* avait démarré début août (il avait pris la suite d'un autre feuilleton intitulé *L'Étrangleur des Lilas*, qui racontait les aventures d'un criminel affublé non pas de trois bras, mais de sept doigts ; particularité qui, par une logique qui échappait en partie à Anatole, en avait fait un expert ès étranglements). Une quarantaine d'épisodes avaient donc paru au total depuis.

Une heure plus tard, Anatole en avait appris assez pour brosser un premier portrait du Pieuvre de papier. Comme il s'en était déjà rendu compte, le héros du feuilleton était un décalque du véritable Pieuvre en chair et en os. Même physique – lui aussi possédait un cou de taureau et un troisième bras – et mêmes pouvoirs qui lui permettaient de se jouer de l'espace et de la matière. Cette similitude allait jusqu'à la façon de parler : le Pieuvre de papier s'exprimait avec un cheveu sur la langue comme son homologue réel.

Autre point de rapprochement : le Pieuvre d'encre mettait ses pouvoirs au service du crime. Chaque épisode narrait un meurtre qu'il commettait dans des conditions rocambolesques. Dans l'un d'entre eux, Pieuvre prenait en chasse un passant croisé dans un parc. Il le suivait jusque devant une statue de lion trônant au milieu d'une place et utilisait alors ses pouvoirs pour donner vie à la statue. Devant le passant médusé, la statue se transformait petit à petit en un magnifique lion à la crinière rousse. Puis le lion s'ébrouait, se détachait de son socle et sautait à la gorge du passant. « Tout à fait ce dont le vrai Pieuvre aurait été capable », songea Anatole.

Anatole ouvrit un cahier à une page vierge et écrivit en grand la question qui ne cessait de le tarauder depuis la veille : QUEL LIEN UNIT LE PIEUVRE DE PAPIER ET LE VÉRITABLE PIEUVRE ?

Yvan apparut dans un coin de sa vision périphérique. Il sursauta et cacha en catastrophe les journaux sous la table.

— Alors, Eiffel, qu'est-ce que ça te fait qu'on passe un bout de temps ensemble, toi et moi ? lui lança Yvan.

Anatole lui renvoya un sourire forcé.

— Même dans mes rêves les plus fous, je n'en espérais pas autant.

— En tout cas, t'as intérêt à te tenir à carreau. Parce que ici c'est mon territoire et que c'est moi qui fixe les règles.

— Votre territoire, la bibliothèque ? C'est vraiment donner de la confiture aux cochons.

— T'as raison, Eiffel, donne-moi un prétexte pour t'apprendre les bonnes manières. J'attends que ça. Tout à l'heure, y a les élèves qui vont rentrer du déjeuner. Le directeur a dit que tu ne devais pas communiquer avec eux, surtout avec Mercier et Lune. Si je te vois parler avec eux, t'auras de mes nouvelles. Pigé ?

Yvan fit volte-face, alla mettre une bûche dans le feu, puis se rassit à son bureau, le nez dans un roman. Anatole resta quelques minutes à le regarder en cherchant un moyen pour faire disparaître de la surface de la terre les empoisonneurs comme lui et Monsieur Muscle. Les lancer à la poursuite de Pieuvre serait une méthode radicale. Cette pensée le fit revenir vers ses préoccupations antérieures et il relut la question qu'il avait griffonnée dans son cahier. Sans trouver de réponse, il sortit les journaux et reprit où il en était.

À midi et demi, la bibliothèque se remplit d'élèves studieux, qui sortaient du déjeuner. L'un d'entre eux apporta sur un plateau un déjeuner à Anatole. Zacharie et Émile passèrent mais dès qu'il les vit s'approcher, Anatole leur fit non de la main et ils repartirent, penauds.

En début d'après-midi, Anatole tomba sur un épisode dont la lecture lui donna le vertige : Pieuvre y assassinait un fabricant de soldats de plomb et sa femme. La scène se déroulait exactement comme se l'étaient imaginée les enfants : le fabricant et sa femme mouraient piétinés par des figurines auxquelles Pieuvre avaient insufflé la vie. La seule différence tenait dans le deuxième personnage. Le faux moine brillait par son absence dans la version papier – comme dans tous les épisodes, d'ailleurs. À ce détail près, la fiction ne se rapprochait plus de la réalité, elle se confondait avec elle. Anatole fut si troublé qu'il se demanda l'espace d'un instant si la maladie de Zacharie n'était pas contagieuse, si lui aussi n'était pas victime d'hallucinations.

Les épisodes suivants étaient taillés dans le même roc. L'un racontait comment Pieuvre était monté sur un ring de catch et avait éliminé son adversaire en lui infligeant une plaie bourrée de vers géants. Un autre comment Pieuvre était monté dans un avion et avait passé le pilote par-dessus bord pour prendre les commandes. C'est simple : le feuilleton se transformait en agenda du véritable Pieuvre !

Une idée folle émergea dans l'esprit d'Anatole : « Tout se passe comme si Pieuvre avait surgi du feuilleton pour s'incarner dans la réalité. Comme si le Pieuvre d'encre et de papier était devenu celui de chair et d'os. Anatole se raisonna immédiatement. « Tu fréquentes trop Zacharie, Anatole. Ce n'est pas parce que Pieuvre a des pouvoirs hors normes qu'il faut lui attribuer la capacité à passer d'un monde imaginaire à la réalité. Il y a une explication bien plus simple : l'auteur s'est inspiré du vrai Pieuvre pour écrire son feuilleton. »

Anatole eut la confirmation de son hypothèse dans l'avant-dernier exemplaire de *La Rue*. Outre l'épisode du jour, la page feuilleton comportait un croquis de l'auteur, Jean Fréhel. Anatole faillit tomber à la renverse en le découvrant. Il reconnut le faux moine, l'homme à la jambe métallique que la Compagnie avait suivi jusque dans l'hôpital. Anatole aurait reconnu ce visage entre mille, avec sa longue chevelure brune et ses yeux logés dans de profondes orbites. Le même homme qui, d'après Poilu et l'article sur les soldats de plomb, suivait Pieuvre comme son ombre.

Un court texte accompagnant le portrait apportait quelques précisions biographiques. La vocation littéraire de Jean Fréhel s'était révélée tôt, sur le pont de la péniche que ses parents, bateliers, conduisaient le long des fleuves. Le petit Jean s'était mis à écrire pour tuer le temps. Tout de suite, des récits teintés d'horreur, car il adorait faire peur. Après qu'il avait réussi à publier quelques nouvelles dans des revues spécialisées, ses parents s'étaient serré la ceinture pour l'envoyer dans un lycée parisien afin qu'il cultive son don. À sa sortie, sûr de son talent, il s'était lancé à corps perdu dans le métier d'écrivain. Il avait vivoté durant trois ans sans rencontrer le succès. Puis la guerre mondiale avait éclaté et il avait été incorporé. Il s'était retrouvé brancardier. Il était revenu au bout d'un an, une jambe en moins et une prothèse en acier en plus. La fortune lui avait enfin souri quand il s'était mis à publier des feuilletons policiers dans les journaux.

L'article ne précisait pas si Jean Fréhel s'était inspiré ou non de faits divers pour créer Pieuvre. Mais l'opinion d'Anatole était que oui. Le mystère de sa présence au côté de Pieuvre résidait justement là-dedans : Pieuvre était une source d'inspiration pour l'écrivain, un modèle qui lui permettait d'élaborer ses fictions. D'ailleurs, Anatole n'avait-il pas surpris l'homme un carnet à la main quand il lui avait ôté sa bure à l'hôpital ? Cette théorie avait le mérite d'expliquer pourquoi les crimes commis par le véritable Pieuvre se retrouvaient dans la page feuilleton du journal.

Anatole était content de lui. Certes, une brume entourait toujours les questions portant sur Pieuvre – Qui était-il ? D'où tenait-il ses pouvoirs ? Quel objectif poursuivait-il ? –, mais cet écrivain devait, lui, savoir y répondre. Faire pression sur lui fournirait les clés de l'énigme. Une tâche qui n'était évidemment pas dans les cordes d'apprentis détectives de quatorze ans, qui plus est retenus prisonniers dans leur pensionnat.

« Il est temps de refiler le bébé », jugea Anatole.

Il se rappela avoir lu que les articles portant sur les soldats de plomb et l'accident d'avion au Bourget avaient été écrits par le même journaliste. Il ne se souvenait plus du nom, mais le retrouverait sans difficulté. Contrairement à la police, le journaliste était familier des histoires bizarres et ne rejetterait pas par principe le témoignage de la Compagnie.

Il rangea les journaux et les remplaça sur la table par ses manuels scolaires. Puis il ouvrit son livre d'histoire en commençant à formuler mentalement la lettre que la Compagnie enverrait au journaliste et qui résumerait les faits.

Le soir, dans le dortoir, il confia ses découvertes à Zacharie et Émile. Ceux-ci furent d'accord pour s'adresser au journaliste. Anatole avait retrouvé son nom : Eugène Latouche. Ils rédigèrent la lettre à trois à partir du brouillon d'Anatole et Émile fut chargé de la glisser le lendemain dans la boîte aux lettres du pensionnat.

— Soit Latouche va penser tenir le scoop de l'année, soit il va éclater de rire, dit-il en cachetant l'enveloppe.

Après s'être couché, Anatole ne pouvait s'empêcher de repenser à un détail. À l'hôpital, Pieuvre était apparu juste après que l'écrivain ne griffonne sur son carnet. Était-ce un hasard ? Si non, cela signifiait que Fréhel était capable d'établir, via son carnet, une sorte de contact télépathique avec Pieuvre. Peut-être même qu'il était capable de guider la créature. « Tu es stupide, Anatole, l'écrivain a juste pris note sur ce qui se passait pour alimenter un prochain épisode de son feuilleton. Si ça se trouve, toi et le reste de la Compagnie, vous allez devenir des personnages de fiction. La classe ! »

Une fois de plus depuis la disparition de Pieuvre au Vieux-Chêne, Anatole mit du temps à s'endormir cette nuit-là.

11

Du bazar dans une péniche

Le soleil ornait d'irisations les fenêtres lorsque Émile entra dans la bibliothèque. Zacharie, assis près de la cheminée, était en train de dessiner un portrait plus vrai que nature de Pieuvre. Le dentier-lame avec lequel Pieuvre avait failli avoir la peau d'Anatole était criant de vérité et fit frissonner Émile. Encore maintenant, Émile avait du mal à croire qu'avoir des lames de rasoir dans la bouche relevait du possible.

— Toi non plus tu n'arrives pas à travailler ? dit-il à Zacharie en s'asseyant à son côté.

— Non, chaque fois que j'essaye de m'y mettre, voilà ce qui sort de mon crayon.

— Pourquoi Pieuvre fait tout ça, Zacharie ? Qu'est-ce qu'il veut ?

Zacharie sentit la détresse qui perçait dans la voix d'Émile.

— Je n'en sais rien, Émile. Mais Anatole a probablement raison : l'écrivain lui, le sait. Quand le journaliste aura réussi à le faire parler, tu verras, tout sera éclairci et on reprendra notre vie comme avant. Marie nous emmènera à Notre-Dame et on lancera un avion qui volera jusqu'à New York.

Émile appréciait les efforts déployés par Zacharie pour le réconforter même s'il y avait peu d'espoir que les choses s'arrangent aussi facilement. Le message envoyé au journaliste était resté lettre morte et Émile continuait de penser qu'il s'était payé une bonne tranche de rire en lisant leur missive.

Un petit objet lui frappa la joue et retomba. C'était une boulette de papier. Il la ramassa et vit, à l'autre bout de la bibliothèque, Anatole tenant encore la fronde avec laquelle il l'avait envoyée. Un message écrit à l'intérieur demandait s'il y avait eu une lettre au courrier ce matin. Non, il n'y avait pas eu de lettre, pas plus que chaque jour depuis une semaine. Il secoua la tête et vit Anatole pousser un soupir.

Ils n'avaient plus de nouvelles de Marie, et cela l'inquiétait. Ils lui avaient parlé un midi à travers le mur grillagé du pensionnat et depuis plus rien. Marie était quelqu'un de volontaire. Il espérait qu'elle n'avait pas commis d'acte imprudent. Il avait fait un cauchemar où elle était retournée à l'hôpital et s'était fait surprendre par Pieuvre. L'homme à trois bras avait attrapé la natte de la jeune fille entre ses dentslames de rasoir et ses mâchoires s'étaient mises à vibrer comme si elles étaient montées sur piles. La chevelure de Marie avait été grignotée petit à petit, laissant le crâne aussi lisse qu'une boule de billard. Émile ne pouvait s'empêcher de croire qu'il s'agissait d'un rêve prémonitoire, même s'il savait que c'était stupide.

Un garçon s'approcha de la table où Anatole était consigné. Il était plutôt grand et, comme Anatole, portait un béret. Il faisait dos à Émile et Zacharie, de telle sorte que les deux garçons ne voyaient pas son visage. En franchissant l'invisible mur qu'avait érigé le directeur autour d'Anatole, il bravait un interdit que personne au pensionnat n'ignorait.

Il échangea quelques mots avec Anatole avant d'être remarqué par Yvan. Le surveillant s'adressa alors à lui en beuglant, ce qui fit lever la tête de tous les élèves présents dans la bibliothèque.

— Hey, vous là-bas, il est interdit de communiquer avec Eiffel ! Vous allez remballer vos affaires et quitter la salle. Je ne veux plus vous voir ici de la journée.

L'étrange garçon ne se le laissa pas dire deux fois. Il quitta la bibliothèque, tête baissée. Ce geste ne semblait pas être attribuable à de la gêne mais plutôt à une intention de cacher son visage. Sa démarche était chaloupée, comme s'il voulait se donner des allures de dur.

Après son départ, Émile remarqua que la mine d'Anatole s'était assombrie. Il écrivit *mauvaise nouvelle ?* sur un papier qu'il roula en boule et envoya à

Anatole. Il ne tarda pas à recevoir une réponse également sous forme de boulette : *Nouveaux éléments dans l'enquête. Réunion ce soir avant coucher.*

Émile montra le message à Zacharie. Tous deux voulurent en savoir plus immédiatement, mais virent que Anatole s'était plongé dans la lecture d'un ouvrage scolaire. Il n'avait pas l'air de vouloir satisfaire leur curiosité avant ce soir.

L'odeur âcre du poêle à charbon flottait dans le dortoir. Les élèves, amassés par petits groupes, profitaient des derniers instants de loisir avant la sonnerie du coucher. Certains jouaient aux cartes, d'autres discutaient catch ou football.

Émile et Zacharie venaient de quitter la salle de bains et gagnaient le lit d'Anatole. Ils avaient hâte d'apprendre en quoi consistaient ces soi-disant nouveaux éléments d'enquête. Ils ne voyaient pas bien ce qu'un interne pouvait apporter de neuf sur l'affaire.

Anatole n'était pas à son lit. Il arriva quelques minutes après, accompagné du garçon de la bibliothèque. Celui-ci avançait, les yeux vers le bas, dissimulant son visage. Quand il s'approcha, Émile et Zacharie purent enfin découvrir ses traits. Ils en restèrent cois. C'était Marie. Elle avait caché sa natte sous un béret et avait enfilé un pantalon et des godillots de garçon.

— Surpris de me voir ? demanda la jeune fille avec un sourire malicieux.

— Et comment ! répliqua Émile, soulagé de

constater qu'il s'était fait du souci pour rien. Comment as-tu fait pour entrer dans le pensionnat ?

Depuis que les garçons avaient été surpris à entrer dans le pensionnat comme dans un moulin, Monsieur Muscle avait fait condamner le vasistas donnant sur la rue.

— Tu oublies que je suis la livreuse de bois officielle du directeur. J'ai passé le gardien avec ma remorque, puis j'ai demandé mon chemin à des élèves. Qu'est-ce que vous dites de mon imitation d'un mâle de quatorze ans ? (Elle prit une voix exagérément grave.) Excuse-moi, p'tit gars, c'est par où la bibliothèque ?

Émile songea que les garçons à qui elle s'était adressée avaient dû se demander pourquoi ce très jeune homme parlait comme un vieillard.

— Marie a une bonne et une mauvaise nouvelle, intervint Anatole.

— Je prends la bonne et Zacharie la mauvaise, plaisanta Émile sans parvenir à susciter de réaction.

— La mauvaise, dit Marie, c'est que je suis allée au siège de *La Rue*. J'avais du bois à livrer dans le coin. J'en ai profité pour faire un crochet.

— Et alors ? la pressa Zacharie. Tu as pu discuter avec Eugène Latouche ?

— Non, on ne m'a pas laissé entrer dans les bureaux, mais un autre journaliste qui passait m'a entendu parler de lui et est venu me voir.

— Et ?

— Il ignorait si Eugène Latouche avait reçu la

lettre. En revanche, Latouche enquêtait bien sur différents faits divers étranges qui se sont déroulés à Paris.

— Lesquels ? demanda Anatole.

— Ça, Latouche ne lui avait pas dit.

— Pourquoi parles-tu de Latouche au passé ? s'enquit Zacharie.

— C'est ça la mauvaise nouvelle : Eugène Latouche est mort. Il a été retrouvé chez lui, le ventre bouffé par des vers. Il avait un trou de vingt centimètres de diamètre à la place du nombril. Le journal devrait publier un article dans les jours à venir.

— Et de deux, déclara Zacharie en sentant un frisson lui traverser l'échine. Après Crocs, c'est le second homme-trou.

— Vous voulez savoir ? fit Émile. À mon avis, Pieuvre est en train de se constituer une équipe de baby-foot. Les trous dans le ventre, c'est pour passer les tiges.

Encore une fois, personne ne rit à sa blague.

— Hey, détendez-vous un peu, on dirait des poteaux téléphoniques, dit-il. Remarquez, c'est vrai que ma blague était téléphonée.

— T'es lourd, Émile, lui lança Anatole. Le journaliste s'est fait dévorer le ventre et toi tu penses qu'à tes blagues.

— Hey, j'essayais juste de détendre un peu l'atmosphère, se défendit Émile.

— Et la bonne nouvelle, c'est quoi ? demanda

Zacharie à Marie pour changer de sujet. À côté de ça, la pire des catastrophes paraîtrait bonne.

— Je crois tenir celui qui donne ses pouvoirs à Pieuvre.

L'attention de Zacharie et d'Émile fut toute portée sur Marie.

— Plus j'y pense, poursuivit-elle, plus je me dis qu'on s'est trompés de cible. On s'est focalisés sur Pieuvre. Mais réfléchissez à cette question : pourquoi Fréhel suit Pieuvre comme son ombre ? Selon Anatole, c'est parce qu'il se sert de Pieuvre comme modèle pour ses histoires. Excuse-moi Anatole, mais je pense que tu te fourres le doigt dans l'œil.

— Tu n'as pas à t'excuser, dit Anatole. En plus, je crois que tu as raison. J'ai passé la journée à réfléchir à ce que tu m'as dit ce matin et ça tient tout à fait la route.

— Bon, fit Émile qui s'impatientait, si vous nous mettiez au parfum.

— Le carnet de commandes qu'on a trouvé chez le fabricant de soldats de plomb, dit Marie. Il s'arrêtait au 12 août. C'est donc à un ou deux jours près la date de la visite de Pieuvre à la boutique. Or, l'histoire des figurines se transformant en vrais chevaux est parue avant, le 7 août. J'ai vérifié dans la pile de journaux de mon père.

— Tu veux dire que la transformation des chevaux s'est d'abord déroulée dans le feuilleton, puis dans la réalité ? demanda Zacharie, un peu perdu.

— Oui, ce qui contredit l'hypothèse d'Anatole. Et

c'est le cas pour les autres méfaits de Pieuvre. Le vol de l'Albatross au Bourget a eu lieu trois jours après qu'il en soit question dans le feuilleton. J'ai fait l'aller-retour en train au Bourget pour vérifier sur place. Et idem pour le match de catch. L'épisode où le Pieuvre de papier affronte un catcheur est sorti quatre jours avant le vrai match au Vieux-Chêne.

— Et qu'est-ce que tu en déduis ?

— Que l'écrivain ne s'inspire pas des actes de Pieuvre pour écrire son feuilleton, mais plutôt l'inverse : il décrit dans le moindre détail dans le feuilleton les meurtres qu'il va commettre par la suite. Comme une sorte de répétition.

— Mais, et Pieuvre ? objecta Zacharie. Tu dis que c'est l'écrivain le meurtrier. Mais on sait que Pieuvre était sur les lieux chaque fois.

— On s'est vraisemblablement trompés de cible, intervint Anatole, soudain exalté. Le rôle de l'écrivain dans les pouvoirs de Pieuvre reste à découvrir, mais il ne compte certainement pas pour du beurre. La clé est Fréhel, pas Pieuvre. (Il se tourna vers Marie.) Bien joué, Marie. On commence à ressembler de plus en plus à une vraie agence de détectives.

Anatole s'engouffra tout habillé dans son lit. Il regarda sa montre et dit :

— Bon, maintenant. Émile et Zacharie, il vous reste cinq minutes pour vous rhabiller et faire semblant de dormir. Avec la mort de Latouche, il ne faut plus compter sur le journal pour nous aider, alors…

— Mais…, fit Zacharie, pris de cours… tu veux aller où ?

— Le portrait publié dans le journal disait que l'écrivain habite dans une péniche sur la Seine.

— Comment veux-tu quitter le pensionnat ?… Monsieur Muscle a fait fermer la cave.

— Est-ce que tu as le vertige ?

Zacharie pensa aux cabanes qu'il avait construites dans les arbres de son village. Il secoua la tête.

— Alors, on prendra la sortie de secours, répondit Anatole avec un sourire malicieux.

La « sortie de secours » d'Anatole débutait sur le toit du pensionnat, accessible par une trappe en haut de l'escalier principal. Zacharie comprit tout de suite pourquoi Anatole ne l'avait pas évoquée plus tôt. Il fallait se laisser glisser jusqu'à la gouttière et la longer jusqu'à un immeuble d'habitation, ce qui permettait de redescendre.

Anatole expliqua qu'il avait repéré ce chemin il y a longtemps, mais n'avait jamais osé l'emprunter. Puis sans hésiter, il s'élança vers la gouttière.

— J'aurai dû faire mon testament, dit Zacharie en lui emboîtant le pas.

Pour une fois, ce n'était pas en raison de ses hallucinations qu'une partie de l'anatomie de Zacharie, en l'occurrence ses jambes, tremblotait. Grimper aux arbres pour construire une cabane était une chose, jouer les funambules à dix mètres de hauteur en était une autre.

— Ne regarde pas en bas et prends appui sur le toit, lui conseilla Émile, qui le suivait sur la gouttière.

Émile essayait de garder une voix calme, mais Zacharie se rendait bien compte qu'il n'en menait pas large non plus.

La peur au ventre, les garçons parcoururent les vingt mètres qui séparaient le pensionnat de l'immeuble d'habitation. Ils franchirent d'un bond le mince espace entre les deux bâtiments, grimpèrent jusqu'à une lucarne ouverte et en moins de deux minutes, ils avaient retrouvé Marie dans la rue.

L'air frais nocturne avait le goût de la liberté, surtout pour Anatole qui avait passé les cinq derniers jours cloîtré dans la bibliothèque.

Ils empruntèrent un chemin différent de celui qui les avait menés au quartier de la Mouffe, le soir du match au Vieux-Chêne. Ils prirent une route plus à l'est, afin de se retrouver en amont de la Seine.

Des péniches accostaient encore à cette heure. À la lueur de torches, des ouvriers déchargeaient sur les quais le sable, le charbon ou les denrées dont elles étaient bondées et les hissaient sur des charrettes tirées par des chevaux. Des cabanons frappés aux sigles des sociétés de transport se dressaient sur les berges.

Anatole s'adressa à l'un des ouvriers. L'homme était juché sur la cargaison de charbon d'une péniche des *Transports de la Seine*. Il leur répondit en continuant de pelleter : Non, il ne connaissait pas d'individu vivant sur une péniche dont la jambe gauche couinait. De toute manière, qui serait assez fou pour vivre sur une péniche ? Logeait-on dans les automobiles ou les aéroplanes ?

Anatole hocha la tête comme Zacharie l'avait parfois vu faire quand il réfléchissait, puis demanda :

— Comment sont alimentées en charbon les péniches, m'sieur ? Existe-t-il une compagnie qui livre tous les quais ?

— Non, mon garçon, chaque compagnie a ses propres péniches d'approvisionnement. Une partie du charbon qu'il y a sous moi ira alimenter les embarcations de notre société.

— Ce qui veut dire que si un particulier possède une péniche, alors il devra s'adresser à votre compagnie ou à l'un de vos concurrents pour acheter du charbon. C'est bien ça, n'est-ce pas ?

— T'as raison, mon garçon. Mais je te le redis, je ne connais pas de particulier qui possède une péniche. Qu'est-ce qui voudrait habiter là-dessus ?

Zacharie comprit où voulait en venir Anatole. Pour trouver la péniche de l'écrivain, il leur suffirait de faire le tour des compagnies de transport et de leur demander si elles avaient livré du charbon à un particulier.

Ce que firent les enfants, au terme de quoi ils apprirent que la société Express des eaux avait exceptionnellement approvisionné une péniche près du pont de Sully, à deux kilomètres en amont.

Il leur fallut une demi-heure pour se rendre là-bas. Le pont de Sully enjambait la Seine jusqu'à l'île Saint-Louis. Des réverbères jetaient leur lumière blafarde sur les quais encombrés de gros tas de sable. Il n'y avait aucun signe d'activité nocturne. Le seul bruit était le clapotis de l'eau.

Deux péniches étaient amarrées au pied du pont. La Compagnie sut d'emblée laquelle appartenait à l'écrivain : on y avait percé dans les flancs des trous pour y encastrer des hublots ; des plantes ornaient l'embarcation, une table et des chaises reposaient sur le toit. On ne transportait pas de cargaison dans ce bateau, on y vivait. L'embarcation n'était que silence et obscurité.

Les enfants montèrent en catimini sur la planche d'embarquement. Ils mirent un pied sur le pont, constatant avec bonheur que le plancher ne craquait pas trop. À deux mètres devant eux se dressait la cabine de pilotage avec son immense barre à roue. À travers la vitre, ils apercevaient l'échelle qui menait à la cale. Ils s'approchèrent doucement quand un bruit retentit à l'intérieur. Ils s'accroupirent derrière la cabine et entendirent des pas accompagnés d'un grincement métallique. La porte de la cabine s'ouvrit et Jean Fréhel en sortit.

L'écrivain donna un tour de clé et emprunta prudemment la planche. Il hésitait à chaque pas, comme un funambule qui avance sur une corde. Parvenu sur le quai, il retrouva une certaine aisance et disparut dans l'escalier qui rejoignait les rues.

Les enfants se préparèrent à courir le cent mètres au cas où le propriétaire du lieu rappliquerait. Mais rien. Après plusieurs minutes, le quai était toujours aussi désert. Ils jugèrent que le risque était passé et cherchèrent un moyen de rentrer dans la cale.

La porte de la cabine était solidement bâtie. Par chance, l'écrivain avait laissé un hublot entrouvert côté fleuve, qui n'était qu'à une trentaine de centimètres en dessous du pont de la péniche. Zacharie allait devoir faire l'acrobate une fois de plus ce soir et il n'aimait pas cela. Ils s'accrochèrent au bastingage et, à tour de rôle, se glissèrent lentement dans le hublot.

À l'intérieur, Zacharie comprit aussitôt pourquoi Fréhel était parti laissant un hublot entrouvert. La cale empestait le fauve. Émile sortit une boîte d'allumettes de sa poche et en gratta une. Les enfants découvrirent que l'endroit avait été reconverti en habitacle qui servait à la fois de salle à manger, de cuisine et de chambre. Dans un coin se dressait une montagne de vêtements sales, de chaussettes percées, de pantalons crasseux et de pulls miteux.

Marie se saisit d'une bougie et l'alluma. Ailleurs dans la pièce, le désordre régnait aussi en maître. S'y trouvaient pêle-mêle des valises en osier, un lit en fer, une bibliothèque, des sacs de ciment, une lampe frontale de mineur, une pelle, des chaussures imbibées de gadoue. Sur une petite table étaient posés une pile de papier blanc et un encrier.

Malgré le bazar, l'endroit fascinait Zacharie autant qu'une cathédrale. C'était l'antre d'un écrivain. Les feuilles de papier blanc qui réfléchissaient l'éclat de la bougie lui apparaissaient comme une porte qu'il suffirait de franchir pour pénétrer dans un monde imaginaire.

Un courant d'air souffla qui fit osciller le battant du hublot.

Un ouvrage de la bibliothèque capta le regard d'Anatole. Il était sobrement relié avec un simple tissu vert bouteille et ressortait légèrement de l'étagère. En le feuilletant, Anatole vit qu'il était entièrement écrit à la main. Sur la page de garde était noté *Mémoires d'un brancardier, par Jean Fréhel*. Anatole se souvint d'avoir lu que Jean Fréhel avait été en poste sur une péniche-hôpital alors qu'il était soldat. Dans le sommaire, il vit que l'avant-dernier chapitre s'intitulait : *Naissance de Pieuvre*. Il appela les autres, puis se rendit à la page indiquée et ils se mirent à lire ensemble.

12

Une pieuvre dans le bourbier

Extrait des Mémoires de Jean Fréhel :

« La guerre tue mais peut aussi donner vie.

Pieuvre n'était qu'un personnage de fiction jusqu'à ce jour. Un personnage que j'avais inventé pour remonter le moral des blessés qu'on amenait sur la péniche-hôpital. L'état critique de ces hommes les rendait intransportables : ils ne survivraient pas au transport cahoteux sur un camion ambulance et devaient être rapatriés lentement par voie fluviale.

À bord, je n'avais pas besoin de faire la publicité de mes services. Aussitôt installés dans leur lit, les blessés ne mettaient guère de temps à apprendre qu'un des brancardiers disposait du don de raconter des histoires. Et que ce don, il l'employait notamment auprès des malades afin de leur faire oublier, ne serait-ce qu'un instant, les tiraillements des chairs à vif.

Je me retrouvais donc tous les soirs au chevet des malades dans une atmosphère imbibée d'odeurs de désinfectants. Quelques feuilles sur les genoux, je leur livrai le fruit de mon imagination, retranscrit lors d'instants grappillés dans la journée.

Chaque soir, ils me demandaient en chœur la même histoire : celle de Pieuvre, un criminel qui effectuait ses basses besognes dans les quartiers malfamés de la capitale. Sa particularité était de posséder un troisième bras dans le dos. J'ignorais pourquoi les malades ne s'intéressaient pas aux récits de pirates ou aux bluettes que je leur concoctais. Ces hommes sortaient de l'enfer des tranchées et replongeaient pourtant volontiers dans l'horreur. Sans doute avec la guerre avaient-ils atteint un point de non-retour.

Ce jour-là, la péniche avait été conduite aussi près que possible du front. Les forces ennemies pilonnaient à feu nourri nos positions et il pleuvait des blessés. Raymond, le second brancardier, et moi fûmes appelés pour évacuer un homme de la tranchée la plus à l'est du front. Pour l'atteindre, il fallait traverser un immense champ de boue à découvert.

Raymond et moi partîmes terrorisés à cette idée. Tous les deux ignorions la rage du combattant. Raymond était brancardier dans le civil, mais sa véritable passion était l'histoire militaire. Pour ma part, on m'avait placé sur une péniche-hôpital parce que, fils de batelier, je possédais des rudiments de mécanique.

Je crois que je n'ai jamais couru aussi vite. Nous essuyâmes un tir de mitrailleuse, mais nous arrivâmes sains et saufs. On nous guida dans la tranchée. Les balles sifflaient à nos oreilles. La boue collait à nos bottes. Pour avancer, il fallait enjamber des cadavres qui n'avaient pas été encore dégagés. Raymond disait que les guerres d'aujourd'hui n'avaient pas la classe de celles d'hier. Je crois que je suis d'accord avec lui. Du temps de Napoléon, on rassemblait cinquante mille soldats et on retrouvait l'ennemi sur le champ de bataille. En fin de journée, la bataille était finie et on n'en reparlait plus. On s'évitait les journées interminables dans le froid et la boue et les blessés qui mourraient, faute d'être soignés.

Le soldat que nous venions chercher était assis sur une boîte de conserve, d'où débordait un mélange d'excréments liquides, de filaments glaireux blanchâtres et de sang. Son pantalon, baissé sur ses genoux, était maculé de sang. Le diagnostic était clair : dysenterie. Nul besoin d'être médecin.

Nous l'allongeâmes sur le brancard. Difficilement je dois dire, car tout mort-vivant qu'il était, il pesait son poids. À travers sa veste, je sentais les replis noueux d'une musculature imposante. Je pris son sac posé à terre, le mis sur mon dos et nous fîmes demi-tour.

Je portais l'arrière du brancard et ainsi le visage du

soldat me faisait face. Dans son regard ne brillait plus qu'une lointaine étincelle de vie.

Nous fîmes halte avant de retraverser le champ de boue. Nous attendions le signal de l'officier. Il nous avait promis de déclencher une salve d'artillerie pour faire diversion.

— Ça va aller, dis-je au malade, on t'emmène à l'hosto.

Le soldat ne m'avait probablement pas entendu à cause du charivari de la guerre. Mais peu importe. Je savais qu'en plus de leur souffrance, les malades devaient dans les tranchées supporter les insultes infligées par les officiers. Sentir une présence amicale à ses côtés, fut-elle silencieuse, l'apaiserait. J'en étais persuadé.

— C'est quoi ton nom ?

L'éclat dans le regard du soldat se raviva un peu. Il murmura une réponse du bout de ses lèvres gercées.

— Marcel… Deborges.

— T'es plutôt mastoc comme bonhomme. Tu fais quoi dans le civil ?

— Cat… catcheur.

— Waouh ! T'entends ça, Raymond ? C'est un catcheur qu'on transporte !

Raymond arrêta un instant de surveiller l'officier chargé de nous avertir pour lancer un geste de félicitations. Les lèvres du malade s'arquèrent légèrement. Il souriait, je crois.

— C'est à nous, fit Raymond.

Le soldat retrouva son masque inexpressif. Il se

préparait à souffrir. La course folle pour rejoindre la péniche allait lui tordre les boyaux et il le savait.

— Tu remonteras sur un ring, tu verras, soufflai-je en levant la civière. D'une façon ou d'une autre, tu remonteras sur un ring.

Je pensais à mes récits en disant cela. J'avais pris pour habitude de transformer les malades que je transportais en personnages de fiction. Des types comme ce soldat, j'en avais évacués des bataillons entiers depuis le début de la guerre. La plupart, trop sévèrement atteints, périssaient sur la péniche. Leur offrir un cercueil d'encre et de papier était une façon de prolonger leur existence, de lutter contre cette chienne de guerre qui débitait les vies comme s'il s'agissait de petit bois. En devenant mes personnages, ces hommes survivaient à leur mort.

Les coups de canon sonnèrent notre départ. Nous retrouvâmes le champ de boue. Le poids du brancard enfonçait profondément nos godillots. Sur terrain plat, nous aurions pu courir à petites foulées. Ici, nous nous traînions comme des limaces.

À un moment, je proposai à Raymond de tirer le brancard pour accélérer. Raymond ne me répondit pas. Il fixait un point du ciel situé dans mon dos comme s'il avait vu un fantôme. Je savais trop bien ce que j'allais apercevoir en me retournant, un point noir surmonté d'une barre : un avion ennemi.

— Ça va secouer, avertis-je.

Alors que nous redoublions d'effort pour courir dans la fange, le ronflement du moteur de l'appareil nous talonnait déjà. Une rafale de mitrailleuse projeta à moins de dix mètres de nous des gerbes d'eau boueuse. L'avion nous dépassa, fit demi-tour et piqua à nouveau dans notre direction.

Pourquoi nous prenait-il pour cible, nous brancardiers ? Ambulances et hôpitaux étaient considérés comme neutres en temps de guerre. Raymond ôta sa blouse blanche barrée d'une croix rouge et la brandit comme un drapeau blanc. Une salve de mitrailleuse en pleine tête vint lui rappeler que les règles d'état-major ne sont pas celles du terrain.

Qu'aurais-je dû faire devant mon compagnon qui s'écroulait, une bouillie d'os et de cervelle à la place du crâne ? Le plus sensé aurait été de prendre mes jambes à mon cou, laissant le soldat à son propre sort, ou retourner contre moi-même le fusil qui pendait à son épaule. Mais le bon sens m'était étranger à cet instant. J'étais juste ivre de douleur de voir la guerre emporter une vie de plus.

Une scène jaillit dans mon esprit : des cavaliers dissimulés dans la brume qui mettent en déroute une armée de fantassins. C'était la victoire de Napoléon à l'issue de la bataille d'Austerlitz. Raymond était intarissable sur ce haut fait militaire, qui avait mis un terme à la coalition menée par les Russes et les Autrichiens contre la France. Il y voyait le point culminant du génie stratégique de Napoléon et rêvait de la reconstituer à l'aide de milliers de figurants. À cet instant, j'ignorais si j'allais survivre à l'assaut aérien, mais si tel était le cas, je me promis de faire mon possible pour prolonger le rêve de Raymond dans un de mes livres.

Après un virage, l'avion revint à la charge. Je pris le fusil de Deborges, le retournai vers l'appareil et tirai dans un geste désespéré. Je me préparais à entrevoir la mort, mais n'entendis qu'un bruit de moteur devenant de plus en plus grave.

Soudain, l'appareil piqua du nez : j'avais blessé le pilote ! Je voulus faire part de notre baraka à Deborges, mais constatai tristement qu'il s'était pris une balle au milieu des yeux. Je n'eus pas le temps de verser une larme pour lui. L'avion s'était un peu redressé et fonçait sur moi. Vu l'angle sous lequel il descendait, il allait s'écraser en cherchant à faire une dernière victime, moi. Mon sort était scellé si je ne détalais pas.

J'avais parcouru à peine vingt mètres qu'un terrible bruit gronda dans mon dos. Le choc s'était produit et l'avion glissait maintenant sur le sol. Je vis l'ombre d'une aile juste au-dessus de mes épaules et une douleur aux jambes me coupa la respiration. Une chose allongée et un morceau de tôle se trouvèrent projetés devant moi. Il me fallut un instant pour comprendre qu'il s'agissait de ma jambe droite s'envolant avec le bout d'aile qui l'avait tranchée.

Je m'écroulai sur le dos. Je respirais à peine. Le premier sentiment que j'éprouvai fut la surprise. J'avais une jambe coupée et j'étais en vie. Peut-être avais-je une chance de m'en tirer si les secours ne tardaient pas. Je trouvai la force de me traîner jusqu'à une partie en flamme de l'avion et cautérisai ma jambe sur une plaque de métal rougeoyante. Les tissus chuintèrent en brûlant et je m'effondrai, inconscient.

À mon réveil, nul soldat n'était venu à mon secours. Ma jambe m'élançait, mais au moins l'hémorragie était stoppée. Le soleil était bas à l'horizon et l'avion était réduit à une carcasse calcinée, d'où s'échappaient des fumerolles. Le corps du pilote ennemi gisait, à moitié écrasé par le train d'atterrissage et assurément mort. Au loin, les fusils et les canons s'étaient tus.

Je restai ainsi un long moment à observer ce qui allait être vraisemblablement le décor de ma propre mort.

Tout à coup, le corps du pilote s'anima de soubresauts. Je pensais d'abord m'être trompé et qu'un souffle de vie habitait encore le soldat. Mais ce n'était pas ça. Une lumière surgit de son ventre. Elle était de la taille d'un ballon de football et scintillait. J'avais entendu parler de boules de feu apparaissant spontanément, mais d'ordinaire cela avait lieu plutôt par temps d'orage. C'était le comble, j'étais à moitié mort et assistais à un phénomène naturel unique en son genre.

Le globe lumineux s'éleva, virevolta un moment, puis s'immobilisa à cinq mètres au-dessus du sol. Il resta un moment suspendu dans les airs, puis me chargea. Il me pénétra au niveau du torse et disparut comme absorbé.

À mon grand étonnement, en dehors de ma jambe, je ne ressentais pas la moindre brûlure. J'en concluais que le globe m'avait traversé de part en part et avait continué sa course dans l'écorce terrestre.

Les heures s'écoulèrent et le niveau de douleur monta de plusieurs crans. J'appliquai l'antidouleur que j'utilisais avec mes malades. J'attrapai un stylo dans une poche et, lentement, entama sur ma blouse une histoire de Pieuvre.

À lui seul Pieuvre venait de faire s'écraser un avion, griffonnai-je. *De ses bras de colosse, il saisit…*

Le stratagème fonctionnait. Occupé à former des phrases, mon cerveau oubliait une partie de la douleur.

… la carlingue et la souleva pour achever le pilote. Il vit la tête casquée du pilote et il…

Je levai le stylo. La carcasse de l'avion venait de bouger. Je regardai les environs au cas où une équipe de secours m'aurait rejoint, mais ne vis que de la boue à perte de vue. Je m'apprêtais à reprendre l'écriture quand je l'aperçus, près du poste de pilotage. Il était comme je l'avais toujours imaginé. De larges épaules surmontées d'un cou de taureau. Une musculature sculptée au couteau. Et surtout, surtout, ce troisième bras dont je l'avais affublé.

Ma création, Pieuvre, était devant mes yeux. De ses trois bras, elle soulevait la carlingue et avait déjà hissé l'avion de quelques millimètres. Ce ne pouvait qu'être une hallucination provoquée par la douleur.

J'écrivis.

Pieuvre banda ses puissants biceps et, poussant un cri de rage, projeta l'avion sur le côté comme une vulgaire maquette.

L'hallucination fit exactement ce que je venais d'écrire. Dans un concert de crissements métalliques, l'avion fit plusieurs tonneaux avant de se disloquer sur le champ de boue.

Viens vers moi.

Il vint. Je touchai sa peau. Elle était tiède.

Soulève-moi.

Une fois de plus, je fus obéi. Il me prit dans ses bras. J'éprouvai une drôle de sensation qui me tira les larmes des yeux. Un élancement fulgurant monta de ma jambe et pour la seconde fois de la journée, je m'évanouis. Tandis que mes yeux se refermaient, je ressentais la satisfaction du père qui meurt en sachant qu'il laisse derrière lui de beaux enfants.

Je me réveillai sur un lit de la péniche-hôpital. On m'apprit que j'avais été découvert deux jours auparavant près de l'embarcation, mourant. Comment j'avais rejoint la péniche avec la jambe dans cet état était un mystère pour les médecins et les infirmières. Ils me questionnèrent. Je leur répondis que je n'en avais pas la moindre idée.

C'était la stricte vérité. Pieuvre m'avait-il réellement transporté jusqu'à la péniche ? Devoir la vie à un personnage de fiction me paraissait simplement impensable. Je décidai de mettre à l'épreuve la nuit même cette idée stupide, de me prouver que j'avais été victime d'hallucinations.

13

Une liste de vœux

Conscients de tenir la clé de bon nombre de mystères, la Compagnie parcourut le tout dernier chapitre des Mémoires de Jean Fréhel. Un silence religieux s'était installé dans la cale. On aurait dit quatre moines penchés sur un vieux manuscrit biblique.

L'écrivain racontait que chaque nuit, tandis que les autres malades étaient endormis, il avait tracé péniblement quelques lignes dans un carnet. Et Pieuvre était apparu. Aussi réel que la première fois.

Persistant à croire à des hallucinations, il avait commandé à Pieuvre de hurler en pleine nuit au milieu du dortoir. La puissance de la voix du monstre avait réveillé toute la péniche. Jean Fréhel s'était dépêché d'ordonner à la créature de se cacher sous un lit. Un médecin était apparu et avait trouvé les malades hagards, tout autant stupéfiés que lui par le bruit. Aucun d'entre eux n'admit avoir hurlé.

La conclusion de cet épisode s'était imposée d'elle-même à Jean Fréhel : il possédait la capacité de donner vie à Pieuvre. C'était devenu un fait indubitable, qui le surprenait encore, reconnaissait-il, lors de la rédaction de ses Mémoires.

Comment ce prodige était-il possible ? Quelle était la véritable nature du globe lumineux qui avait jailli du pilote ennemi ? Fréhel n'était pas croyant, mais avait envisagé la possibilité que le globe soit une sorte d'ange envoyé par Dieu. Il s'était ouvert à un prêtre-soldat, qui avait tracé un signe de croix sur son visage et avait dit : « Cette lumière est un signe. Le Seigneur vous confie un rôle. Il veut que vous répandiez sa parole autour de vous. »

L'aumônier avait tenu ce discours par pure charité envers un malade. Fréhel l'avait compris en le voyant adresser discrètement quelques mots au médecin avant de quitter la péniche. Cinq minutes plus tard, on avait administré à Fréhel une dose de calmant qui l'avait endormi douze heures d'affilée. À son réveil, Jean Fréhel avait décidé de tenir dorénavant secret son pouvoir et d'abandonner l'espoir de le comprendre. Aussi étrange soit-elle, cette faculté était là ; un point c'est tout.

Il s'était alors livré à une série d'expériences pour délimiter les frontières de son pouvoir, dont il avait noté les conclusions aussi scrupuleusement qu'un scientifique.

La première conclusion était que l'objet qu'il utilisait pour écrire n'avait aucune importance (Pieuvre apparaissait autant avec un stylo qu'un crayon à papier ou une craie), ni d'ailleurs le papier sur lequel il écrivait.

Deuxième conclusion : Pieuvre était l'unique personnage de ses histoires qu'il parvenait à matérialiser.

Troisième conclusion : Pieuvre disposait d'une certaine autonomie. On pouvait par exemple lui ordonner d'aller chercher du chocolat dans la cuisine, comme Fréhel l'avait fait une nuit de fringale. Pieuvre s'acquittait de sa tâche seul, sans commandes du genre : va dans la cuisine, ouvre le placard au-dessus de l'évier, prends le chocolat, etc.

Quatrième conclusion : Fréhel pouvait distordre la réalité, lui donner l'apparence qu'il souhaitait, à condition de faire apparaître au préalable Pieuvre. Pieuvre agissait comme une espèce de catalyseur. Fréhel en avait eu la preuve la nuit où son voisin de chambre, dont les poumons avaient été percés par une balle, avait poussé son dernier soupir. Une blague lugubre vint à l'esprit de Fréhel, qui aimait faire peur dans la vie comme à l'écrit. En griffonnant sur son carnet, il ordonna au corps inanimé du soldat de se lever et d'aller réveiller une infirmière. En vain ; le corps resta de marbre. Il eut l'idée de réitérer son ordre en présence de Pieuvre, et, sous ses yeux ébahis, cela fonctionna : le mort monta dans la chambre de l'infirmière, la figure encore barbouillée du sang remonté de ses poumons. L'infirmière poussa un hurlement de terreur, qui réveilla une fois de plus toute la péniche.

Cinquième et dernière conclusion : la magie de l'écriture s'estompait au bout d'environ cinq minutes, Pieuvre se dématérialisant alors aussi subitement qu'il était apparu.

À ce stade de la lecture, les enfants, ébahis, levèrent les yeux de l'ouvrage. Dans la cale, l'odeur de fauve s'était partiellement effacée devant celle de la bougie. La Seine imprimait à la péniche un léger roulis qui faisait craquer la coque.

— Finalement, je n'étais pas si loin avec l'idée de machine à téléportation, fit Anatole. Sauf que je l'imaginais comme un relais avec plein de fils électriques dedans. Alors que c'était juste un papier et un crayon.

— Je n'arrive pas à croire qu'on court après une créature venue tout droit d'une histoire d'horreur, dit Émile. Waouh !

— Pourtant, tu devrais être habitué en te regardant dans un miroir, blagua Zacharie.

— Très drôle, monsieur j'hallucine, rétorqua Émile en faisant semblant de se plier en deux de rire.

Zacharie taquinait son camarade, mais n'en était pas moins fasciné que lui. Jamais il n'aurait imaginé à quel point il collait à la réalité en voyant dans les manuscrits de Jean Fréhel une porte vers un monde imaginaire. Dès que Fréhel griffonnait sur son carnet, la porte s'entrouvrait et Pieuvre en profitait pour s'y glisser et visiter la réalité. Quand Fréhel arrêtait, la porte se refermait en aspirant Pieuvre et en le renvoyant dans son univers fictif. C'est du moins ainsi que Zacharie se représentait les choses.

Marie, à l'esprit pratique, avait une autre image en tête. « Pieuvre est une marionnette, songea-t-elle. Entre les mains de l'écrivain. Il lui suffit d'ordonner à Pieuvre de lever une jambe ou de faire une pirouette pour qu'elle obéisse. »

— Hey, je comprends pourquoi Pieuvre a disparu au Vieux-Chêne ! lança-t-elle. Parce que l'écrivain n'était plus là pour l'animer.

— Oui, dit Anatole. Jean Fréhel devait être dissimulé dans le public pendant le match, occupé à rédiger sur son carnet pour permettre l'existence de Pieuvre. À la fin du match, il a arrêté d'écrire. Et cinq minutes après, Pieuvre s'est dématérialisé juste devant nous.

Les lèvres d'Anatole s'étirèrent en un sourire comblé semblant dire : « C.Q.F.D. » Pourtant, pour Zacharie, certains points restaient troubles.

— Attendez, pourquoi Fréhel a-t-il pris la peine d'envoyer Pieuvre dans le vestiaire ? fit-il.

— Par souci de discrétion, répondit Anatole. Imagine si Pieuvre s'était dématérialisé sur le ring. Quelle publicité ! Le lendemain, tout Paris aurait su pour Pieuvre et sa magie.

— Pas de chance pour lui, on était dans le vestiaire, fit Émile.

— D'accord, c'est Fréhel qui manigance tout, concéda Zacharie. Mais, et le meurtre du couple de fabricants de soldats de plomb ? Comment a-t-il fait pour animer les figurines ? D'après ses Mémoires, Pieuvre est la seule créature qu'il peut faire surgir de sa plume.

— Surgir de sa plume, oui, mais pas animer. Relis la quatrième conclusion de ses expérimentations : moyennant la présence de Pieuvre, il peut distordre la réalité. C'est ce qu'il a fait avec les figurines : il leur a donné l'apparence et le comportement de véritables cavaliers. Et là aussi, quand il a arrêté d'écrire, les figurines ont dû revenir à leur forme initiale.

Anatole avait convaincu Zacharie. La disparition de Pieuvre du Vieux-Chêne et des commandes de l'Albatross s'expliquait avec le mystérieux pouvoir de Jean Fréhel.

Restait la question du mobile. L'écrivain suivait-il un plan ? Zacharie demanda son opinion à Anatole. Il répondit qu'il n'en savait rien, mais que la fin des Mémoires les renseignerait peut-être.

Marie alla jeter un œil à travers un hublot côté quai.

— C'est bon, pas d'écrivain-magicien à l'horizon. On peut continuer.

Ils se replongèrent tous les quatre dans l'ouvrage tandis que le sillage d'une péniche qui passait faisait osciller l'habitacle.

Les Mémoires ne comptaient plus que quelques pages. Jean Fréhel exposait la fin de sa convalescence à bord de la péniche-hôpital.

Il éprouvait par moments une sensation désagréable. Sa jambe amputée le démangeait, son membre semblait toujours là et était en proie à des fourmillements. Dans ces cas-là, il ne pouvait que prendre son mal en patience et attendre que l'irritation disparaisse.

Il avait repris l'écriture de récits et continuait d'en abreuver le soir les autres malades. L'expérience de la peur et de la douleur rendait ses écrits plus noirs. Il avait abandonné les histoires d'aventures et d'amour pour ne relater que des fictions d'horreur. La guerre imprégnait chaque page : en dehors de Pieuvre, la galerie de personnages qui sortaient de sa plume se résumait à ces disparus à qui il offrait une seconde vie. Son ancien coéquipier Raymond lui manquait et le ressusciter dans ses histoires allégeait un peu cette peine.

Il songeait fréquemment aux propos du prêtre : « Le Seigneur vous confie un rôle. » Bien sûr, le prêtre ne pensait pas ce qu'il disait ; il l'avait démontré en allant cafeter au médecin. Mais il lui avait ouvert les yeux : ce pouvoir ne lui avait pas échu pour qu'il s'amuse à faire apparaître Pieuvre. Il avait un rôle à remplir, il en était chaque jour un peu plus persuadé.

On avait rassemblé les affaires de Raymond, l'ancien coéquipier de Fréhel, pour les envoyer à sa veuve. Fréhel avait conseillé au soldat chargé de la besogne d'aller également fouiller sous le matelas de Raymond. Le soldat y avait trouvé un régiment de soldats de plomb que le brancardier cachait là et avec lesquels, lui avait expliqué Fréhel, il reconstituait les champs de batailles napoléoniens.

Revoir ces figurines avait entraîné un déclic dans

l'esprit de Fréhel. Il écrivait : « Je compris alors que ce n'était pas un hasard si mon don m'avait été accordé à deux doigts de la mort. Grâce à lui, j'étais vivant. Mes camarades tombés à la guerre n'avaient pas eu cette chance. Il ne tenait qu'à moi de réparer cette injustice. Je connaissais dorénavant la nature de ma mission. »

Jean Fréhel restait énigmatique sur ce qu'il entendait exactement par sa *mission*. Jusqu'à la fin des Mémoires, le mot était évoqué plusieurs fois, dans des passages lyriques de ce type : « Pour la première fois, un écrivain avait la possibilité de ne pas se contenter d'imaginer des scènes, mais de les rendre réelles. Jusqu'à présent, en imitant la vie dans mes récits, je jouais à Dieu. Désormais, je serai Dieu. »

Sur la page de garde finale du livre, la Compagnie trouva une liste d'une dizaine de noms, dont seul le dernier n'était pas barré.

~~*Prosper Jacquomot*~~
~~*Raoul Goubin*~~
~~*René Buisson*~~
~~*Eugène Allais*~~
~~*Joseph Hugues*~~
~~*Marcel Deborges*~~
~~*Raymond Pluche*~~
F.G.

Le premier réflexe des enfants fut de penser qu'il s'agissait du macabre décompte des victimes de l'écrivain. Mais ils s'aperçurent que ni le nom de Crocs ni celui d'Isidore Guillermot n'y figuraient. Que représentait-elle alors ? Pour que l'écrivain place cette liste en conclusion de ses Mémoires, elle devait revêtir une importance particulière.

— Le septième nom de la liste, Marcel Deborges, n'est-ce pas le soldat que Fréhel transportait avant de se faire tirer dessus par l'avion ? demanda Marie.

— Le catcheur, tu veux dire, observa Émile.

— Oui.

En laissant un doigt comme marque-page, Anatole reprit le chapitre consacré à la naissance de Pieuvre et vérifia le nom du soldat.

— Oui, conclut-il. Marcel Deborges est bien le dernier soldat qu'a transporté Fréhel.

— Raymond Pluche est peut-être le coéquipier de Fréhel, suggéra Zacharie.

— Je n'ai pas lu son nom de famille, mais c'est possible.

Émile remarqua que le front d'Anatole se plissait de profondes rides.

— Tu as une idée de ce que représente cette liste, Anatole ?

Anatole ne répondit pas tout de suite. À en croire les deux noms qu'ils avaient reconnus, cette liste regroupait les identités d'anciens soldats qu'avait rencontrés Jean Fréhel à la guerre. Pour s'en assurer, il reprit les Mémoires au début et les feuilleta rapidement.

Au bout de trente secondes, bingo, le premier nom

de la liste apparut : Prosper Jacquomot. C'était le cuisinier de la péniche. Les mains aux fourneaux, mais les yeux tournés vers le ciel, il ambitionnait de devenir pilote. Son appareil fétiche était l'Albatross. Il avait moins de vingt ans au moment où Jean Fréhel avait fait sa connaissance. La guerre avait écourté leur rencontre. Le train qui le ramenait en permission s'était senti pousser des ailes aux abords d'un pont détruit par l'armée adverse et avait plongé, locomotive en tête, dans un gouffre. Deux cent trente-trois morts, dont Prosper.

Anatole reprit sa lecture rapide et dénicha une vingtaine de pages plus loin un autre nom de la liste. Puis un autre. Finalement, il fut capable de mettre une personne sur tous les noms. Tous avaient servi durant la guerre et avaient croisé, en tant que brancardier, soldat, cuisinier ou encore postier, la route de Fréhel. Et tous nourrissaient depuis les pissenlits par la racine.

— Ça y est, on tient le mobile, dit Anatole. D'un côté, on a cette liste de personnes qui sont mortes avant de réaliser leur rêve. Et de l'autre, on a Pieuvre qui monte sur un ring de catch, donne vie à des soldats de plomb, veut piloter un avion. Autrement dit, chaque action de Pieuvre correspond au rêve d'un de ces individus.

— Tu crois que l'écrivain cherche à accomplir ces rêves ? demanda Marie.

— Oui. Avant son accident, il rendait hommage aux soldats disparus en les transformant en personnages de ses histoires. Son nouveau pouvoir lui a permis d'aller encore plus loin en exauçant leurs rêves. Et pas avec du papier cette fois. Mais pour de bon.

— Fréhel n'est pas un tueur, alors ?

— Je ne crois pas, du moins pas au départ. S'il a commis des meurtres, c'est sans doute pour éliminer des témoins gênants.

— Supprimer la vie des uns pour exaucer le rêve des autres, c'est plutôt tordu comme raisonnement, observa Zacharie.

— Posséder ce pouvoir extraordinaire lui a manifestement fait perdre la tête. Tu l'as lu comme moi, il se compare à Dieu. Il se sent investi d'une mission et rien ne l'en écartera.

Marie trouvait ce changement de comportement un peu brusque. Tout était parti du globe lumineux qui avait traversé le corps de Fréhel et lui avait conféré ses pouvoirs. Elle se demanda si le globe avait laissé indemne l'esprit de l'écrivain.

L'heure tournait.

— Faut qu'on parte. On a déjà abusé du temps, déclara Anatole.

— Oui, dit Zacharie tout en restant sur place.

Sans se l'expliquer, il éprouvait de l'affection pour Jean Fréhel. Un adulte aurait su mettre un mot sur ce sentiment : l'empathie. Au fond, Zacharie comprenait Jean Fréhel ; il comprenait qu'avec sa croisade, Fréhel prolongeait son travail de brancardier : il continuait de panser les plaies de la guerre. Mais comme il n'y avait aucun adulte dans la péniche, Zacharie resta seul face à son émotion et s'en voulut de ressentir de la sympathie pour un criminel.

— Zacharie ! Faut qu'on y aille ! répéta Anatole.

Zacharie secoua la tête comme pour se réveiller et emboîta le pas à Marie et Émile, déjà sur le pont.

Avant de le suivre, Anatole jeta un dernier coup d'œil à la liste. S'il avait vu juste, si l'écrivain agissait en souvenir de ses anciens camarades, alors sa mission n'était pas achevée. Il lui restait à venger le dernier de la série, le seul à n'être pas barré : « F. G. » Le problème était qu'Anatole n'avait pas lu ce nom. Peut-être avait-il échappé à sa lecture rapide, mais Anatole ne le pensait pas. Qui était ce F. G. ? Pourquoi était-il l'oublié des Mémoires ?

Anatole referma le livre et le remit précautionneusement à sa place.

Il s'apprêtait à souffler la bougie quand il remarqua un rectangle blanc posé sur une petite table.

Un rectangle blanc qui lui était familier.

14

Les arroseurs arrosés

Zacharie, Marie et Émile étaient descendus de la péniche et s'étaient cachés sous le pont. Anatole les y rejoignit. Une expression grave était peinte sur son visage. Il leur montra l'enveloppe trouvée dans la péniche.

Émile n'y jeta d'abord qu'un regard distrait. Le verso mentionnait le destinataire : Eugène Latouche. Cette lettre confirmait que le couple Pieuvre-Fréhel était le meurtrier du journaliste (comment sinon l'écrivain aurait-il pu entrer en possession d'une lettre adressée au reporter ?). Puis Émile reconnut l'écriture et écarquilla les yeux. L'écriture était la sienne.

— Mince, c'est notre lettre ! s'écria-t-il.

— L'écrivain sait qu'on est sur la piste de Pieuvre, dit Anatole.

Émile plaqua les mains sur ses abdominaux comme s'il avait mal au ventre.

— Les gars, j'ai pas envie de finir avec des vers dans le bide ! Faut qu'on raconte tout au directeur.

— Pour qu'il nous rit au nez ? dit Anatole.

— Alors dis-moi ce que tu préfères, Anatole ? Être écrabouillé par un régiment de soldats de plomb ou écrasé par un avion fantôme. Parce que c'est comme ça qu'on va clamecer si on ne demande pas de l'aide.

— Nous signons notre arrêt de mort en retournant au pensionnat. Si Fréhel a décidé d'employer ses pouvoirs pour nous faire taire, il pourra très bien nous zigouiller là-bas sans même que nos voisins de lit s'en aperçoivent.

« Anatole a raison, se dit Zacharie. L'écrivain peut très bien faire apparaître Pieuvre au milieu du dortoir, lui ordonner de nous trancher la gorge et le faire disparaître aussitôt, ni vu ni connu. Si ça se trouve, c'est précisément ce qu'il cherche à faire en ce moment. »

— Je suis désolé, Émile, ajouta Anatole après un long silence. Il faut qu'on se trouve un endroit pour la nuit.

Émile regarda avec une mine abattue les pavés sous le pont. C'était donc ici qu'ils allaient passer la nuit ?

— Marie…, dit Anatole.

— Oui ?

— Euh… est-ce que tu peux nous héberger ? On n'est pas obligés de dormir dans ta chambre. Un cagibi ou un garage suffirait.

Marie eut l'image de son père rentrant à l'improviste dans sa chambre et découvrant trois garçons endormis à son côté. Il n'aimerait pas, ça non ! Toutefois, il lui paraissait impossible de laisser tomber ses amis. Pas maintenant et pas après ce qu'ils avaient vécu ensemble.

— Il est hors de question que vous dormiez ailleurs que chez moi, dit-elle. Y a assez de place pour nous tous dans ma chambre. Et il n'y a pas d'inquiétude à avoir pour mes parents. Ils se lèvent très tôt et ne passent jamais dans ma chambre le matin. Simplement, je vous préviens, ça ne va pas être un quatre étoiles.

— T'inquiète, fit Zacharie. Ça ne peut pas être pire que le pensionnat.

Marie et ses parents occupaient un appartement situé au-dessus de la scierie familiale. On y accédait par un escalier en bois aux marches grinçantes. Heureusement, les parents de Marie avaient le sommeil lourd et ne se réveillèrent pas.

C'était la première fois de leur vie que les garçons découchaient. Ils auraient aimé vivre ce moment intensément, contempler une partie de la nuit les modèles réduits d'avions qui peuplaient la chambre de Marie, comparer sans fin les qualités respectives des catcheurs, attendre le petit matin pour assister au lever du soleil. Mais il était tard et les quatre membres de la Compagnie étaient sur les rotules. Ils n'avaient tous qu'une hâte, dormir.

Marie leur confectionna un matelas de pulls et leur prêta sa couverture. Elle garda son drap et se glissa dedans, toute habillée. Ses amis se serrèrent sous la couverture, puis Marie éteignit la lumière, plongeant la chambre dans la pénombre apportée par la pleine lune.

Même épuisé, Émile sut qu'il ne s'endormirait pas immédiatement. C'était ici que la jeune fille s'habillait, se coiffait. Dans les tiroirs de cette commode, elle rangeait ses culottes et ses chemises. Partager l'intimité de Marie lui procurait un sentiment inconnu, mélange de malaise et de plaisir.

Un nuage passa devant la lune, assombrissant un peu plus la pièce.

— Vous dormez ? chuchota Zacharie.

— Non, fit Anatole.

— Moi non plus, dit Marie.

— Pareil, dit Émile.

Zacharie laissa passer un silence puis dit :

— C'est fini pour moi. Je raccroche pour de bon. Demain, j'irai voir Monsieur Muscle pour lui demander de rentrer chez moi.

— Tu ne peux pas nous faire ça, lui rétorqua sereinement Anatole. En plus ça serait te jeter dans la gueule du loup. Pieuvre t'attendra au coin de la rue et couic, fini le provincial à l'esprit qui déraille.

— Anatole, tu sais ce que je vois en ce moment dans la fenêtre, là où vous voyez la lune ? Pour vous, les taches sombres sur la lune sont des cratères. Eh bien, pour moi, ce sont des vers ! Je vois des vers à la place qui grouillent sur la lune, Anatole ! Le médecin m'a envoyé à Paris pour que le changement de décor agisse comme des micro-électrochocs et voilà le résultat ! Il faut que je me barre, sinon je vais devenir cinglé.

Anatole tâtonna pour retrouver la lampe de chevet et l'alluma.

— Tu préfères être cinglé ou mort ? dit-il.

Zacharie se renfrogna.

— Tu parles sans savoir, Anatole. Tu ne sais pas ce que c'est que douter de ce que tu vois.

— Je ne sais peut-être pas. Mais la fuite, ça, ça me connaît. Depuis que mon père est mort, j'ai trouvé qu'un moyen pour ne pas penser à lui : fuir dans mes bouquins. Et je peux t'assurer que c'est précisément ce que tu es en train de faire : te faire la malle devant des spectres.

La référence au décès du père d'Anatole coupa ses effets à Zacharie.

— Je ne savais pas pour ton père. Je suis désolé.

— Je m'en fous que tu sois désolé, Zacharie. Ce qui m'intéresse, c'est que tu restes avec nous jusqu'au bout. On aura la peau de ce meurtrier, je te le promets. Et alors, quand tu regarderas la lune, tu te remettras à voir des cratères.

Zacharie comprit soudain qu'Anatole avait raison. Des visions de vers et d'autres éléments associés à Pieuvre continueraient à le hanter tant que l'écrivain serait en liberté.

— Il faut qu'on retrouve Fréhel, déclara Marie.

Pour Zacharie et pour le dernier nom sur la liste : F. G. L'écrivain va chercher à réaliser son vœu. Il faut qu'on l'arrête avant qu'il ne cause des dégâts.

— Comment tu veux l'arrêter ? protesta Émile. C'est une forteresse, Fréhel, il est indestructible. D'une phrase écrite sur son carnet, il est capable de créer un cyclone qui balayerait une armée.

— Rien n'est indestructible, objecta Marie. Les constructeurs du *Titanic* prétendaient que leur navire était insubmersible et tu as vu le résultat.

— Il doit avoir un point faible, dit Zacharie.

— Son point faible, dit Anatole, c'est ce qui fait également sa force, ce sont ses mains. C'est grâce à elles qu'il écrit et matérialise Pieuvre. Si on l'empêche d'écrire, il deviendra impuissant.

— Tu ne veux quand même pas lui couper les mains ? demanda Émile.

— Il y a peut-être une autre solution, dit Marie.

— Laquelle ?

— Je vous en parlerai demain, dit-elle en éteignant de nouveau la lumière. Mon père est de très mauvaise humeur quand on le réveille en pleine nuit.

Zacharie reprit sa position allongée et se mit à regarder la lune. Les vers avaient disparu. Les cratères formaient maintenant un dinosaure, un tyrannosaure pour être précis. Mais cette fois-ci c'était normal. Il y avait toujours eu un tyrannosaure sur la lune.

Au moment où Zacharie fermait ses paupières, le sous-sol du journal *La Rue*, avenue de la République, s'emplissait du vacarme des rotatives. On imprimait l'édition du matin, dont la manchette était : *Un meurtrier aux pouvoirs surnaturels rôde dans la capitale.*

À défaut d'être signé par le journaliste Eugène Latouche, dont le corps pourrissait au cimetière, il avait été écrit par le rédacteur en chef. Celui-ci avait suivi l'avancement de l'enquête d'Eugène au jour le jour et connaissait dans leurs moindres détails les faits divers étranges que le journaliste avait essayé de relier. Il savait en particulier qu'Eugène était parvenu à la même conclusion que ces gamins dont il avait reçu une lettre : ces faits divers étaient l'œuvre d'un criminel similaire, jusque dans ses pouvoirs, au héros du feuilleton *Pieuvre ou les sombres mystères de Paris* qui paraissait dans son journal.

Finalement, il avait rédigé un article aussi complet que le regretté Eugène Latouche ne l'aurait fait.

Les livreurs de journaux s'emparèrent des premiers exemplaires qui sortaient des presses. Ils les empilèrent sur la remorque de leur vélo et partirent approvisionner les kiosques de la capitale.

15

Une odeur de pigeon grillé à la gare du Nord

Quand il avait un moment à tuer, Jean Fréhel se rendait à la gare du Nord et s'y livrait à son jeu favori : « pigeon grillé ». C'était un jeu d'adresse qu'il avait inventé et, à vrai dire, qu'il était le seul à pouvoir pratiquer. Il commençait par repérer un pigeon volant au-dessus d'une locomotive au départ. Puis, de quelques mots rédigés sur son carnet, il créait un trou d'air à la verticale de la cheminée fumante. Si le timing était bon, le pigeon battait frénétiquement des ailes, mais n'en effectuait pas moins un superbe plongeon droit dans la cheminée, où il finissait grillé.

D'ordinaire, Jean était capable d'aligner une vingtaine de pigeons grillés. Mais ce matin, il était d'une humeur de chien et cela se ressentait dans ses résultats. Il n'avait fait mouche que deux fois. Le cou cassé par la chute, le reste des volatiles gisaient au pied de la locomotive.

La raison de sa mauvaise humeur s'affichait en gros caractères sur toutes les colonnes Morris de Paris : « Un meurtrier aux pouvoirs surnaturels rôde dans la capitale ». Fichu journal ! Il avait pensé avoir réglé le problème de leur journaliste trop curieux en lui offrant un petit lavement d'estomac à domicile. Un lavement de sa spécialité à base de vers dévoreurs de chairs. La tête du journaliste quand il avait vu un ver sortir de son ventre ! Et quand les sucs gastriques s'étaient déversés par le trou ! Jean n'avait pas pu se retenir de lui lancer : « Alors, estomaqué ? »

Mais la mort du journaliste n'avait manifestement pas suffi et Pieuvre faisait maintenant la une de *La Rue*. Jean était sûr que les gamins dont il avait récupéré la lettre chez le journaliste n'y étaient pas pour rien. C'était les mêmes, il en aurait mis sa main à couper, qui l'avaient pourchassé le jour du meeting aérien jusque dans le sous-sol de l'hôpital.

Ceux-là allaient regretter leur missive.

Il se leva du banc où il était assis et se rendit derrière un énorme pilier métallique de la gare. L'endroit était sombre et protégé des regards. En griffonnant sur son carnet, il ordonna à Pieuvre qui s'amusait avec les cadavres de pigeons de le rejoindre. Puis il attendit plusieurs minutes sans écrire. N'étant plus ranimé par l'écriture, Pieuvre se dissipa comme un gaz dans l'air.

De toute la gare, seul un clochard, étendu dans un recoin, fut témoin de l'extraordinaire disparition, mais celui-ci la mit sur le compte de la bouteille d'absinthe qu'il descendait à grosses gorgées.

L'horloge de la gare indiquait neuf heures. Jean prit un taxi pour se rendre au pensionnat Henri-Poincaré.

Devant le fronton de l'établissement, il attendit le moment opportun pour faire réapparaître Pieuvre puis, à l'aide de sa magie, transforma une feuille de son carnet en carte de fonctionnaire de police. Il aurait bien laissé sur le trottoir sa créature, mais il avait besoin de sa présence pour entretenir l'illusion de la carte.

Il passa sous le porche du pensionnat et présenta la carte à la gardienne. Elle courut aussitôt chercher le directeur. Monsieur Muscle arriva quelques minutes plus tard, inquiet.

— Que puis-je pour vous… commissaire ?

— Trois de vos élèves, répondit sèchement Jean : Émile Legendre, Zacharie Lune et Anatole Eiffel. Ils sont convaincus de complicité de crime.

— Attendez… attendez un instant, dit le directeur, les yeux exorbités. De quoi sont-ils accusés ?

— Pas accusés. *Convaincus de crime.* Les preuves de leur culpabilité sont établies. Je vous prierais d'aller les chercher.

— Mais… du crime de qui ?

— D'un reporter du journal *La Rue.*

— Mais comment ont-ils pu…

— Vous viendrez poser vos questions au poste, le

coupa sèchement Jean. Pour l'instant, allez me les chercher, répéta-t-il.

Monsieur Muscle sortit et revint dix minutes plus tard, encore plus affolé.

— Je suis désolé... Ils sont introuvables. Je ne comprends pas. Ils devraient...

Jean pesta intérieurement.

— C'est fâcheux, monsieur, très fâcheux, dit-il.

— Mais, je vous assure que je ne comprends pas comment ils sont sortis. J'avais fait fermer...

Jean ne l'écoutait pas. Il s'était retourné pour partir, mais fit volte-face. Il venait d'avoir une idée.

— Donnez-moi leur dossier scolaire.

Sur le trottoir, Jean regarda en salivant les dossiers que le directeur venait de lui apporter. Il avait l'intuition qu'il reverrait ces gamins. Ils avaient démontré de la perspicacité en remontant sa piste. Ils ne le lâcheraient pas, il en était convaincu. Tant mieux. Il trouverait dans ces dossiers de quoi les recevoir en beauté. En attendant, il fallait enclencher la vitesse supérieure. Avec l'article de *La Rue*, la police n'allait pas tarder à établir un lien entre les morts qu'il avait semés sur son passage.

« Dommage. » Jean serait bien resté quelques semaines de plus dans cette ville passionnante qu'était Paris. Il y avait tant à faire pour quelqu'un de son espèce qui prenait plaisir à susciter la peur : transformer les arbres du parc du Luxembourg en plantes carnivores, donner vie aux scènes de guerre peintes sur les tableaux du musée du Louvre – il avait laissé un sacré bazar derrière lui, cette fois-là. Rien à voir avec ces petites villes de province jalonnant la Seine où sa *mission* l'avait amené et où l'on s'ennuyait à cent sous de l'heure.

« Je dois m'occuper de F. G. et ensuite mettre les voiles presto », se dit-il.

Il partit rejoindre sa péniche. S'occuper de ce qu'il appelait « F. G. » était la partie de sa *mission* qui lui avait demandé le plus de préparation. Il s'y était attelé dès son arrivée à Paris, mais avait encore du pain sur la planche.

F. G. l'avait accompagné depuis son enfance. C'est pour cela qu'il le choyait.

16

L'assaut de la péniche

Au moment où Jean Fréhel mettait le pied sur sa péniche, la Eiffel Compagnie arrivait en vue du pont de Sully.

Les trois garçons et Marie s'efforçaient de progresser discrètement au-dessus des berges de la Seine. Ils couraient d'un arbre à l'autre, en avançant courbés de façon à ne pas dépasser le parapet.

Le cœur de Marie battait la chamade. Son plan avait beau être bien huilé, il suffirait d'un petit accroc pour que tout parte en vrille et que la Eiffel Compagnie se retrouve avec des vers leur dévorant le ventre.

Le plan était simple. Les garçons avaient les poches remplies de cailloux et une fronde dans la main. Si l'écrivain tirait son pouvoir de l'écriture, alors l'unique moyen de lui barrer la route était de l'empêcher d'écrire. C'est-à-dire de faire tomber son stylo.

L'essai avait été concluant ce matin au parc Dugommier. À dix mètres de distance, avec un bon coup de fronde, ils étaient parvenus à faire tomber un bout de bois de la taille d'un stylo planté dans la terre. Zacharie avait même réussi à treize mètres. Évidemment, cela n'était pas comme s'attaquer à un homme, qui était une cible mobile, mais cela n'était déjà pas mal.

Marie s'était portée volontaire pour remplir les rangs de l'arrière-garde. Son arme était une sorte de paire de moufles métalliques qu'ils avaient passé la matinée à confectionner. En fait, deux boîtes de conserve percées au fond puis découpées en deux dans le sens de la hauteur et munies de crochets. Marie devait s'en servir pour emprisonner les mains de Fréhel, dès qu'il aurait été maîtrisé par les garçons. Ainsi « menotté », Jean Fréhel perdrait l'usage de ses mains et serait incapable d'invoquer Pieuvre.

Marie, qui était en tête du groupe, fit signe d'arrêter. Ils étaient arrivés à l'escalier par lequel, la veille au soir, la Compagnie était descendue sur le quai.

— À mon signal, on se lève et si l'écrivain est là, on le bombarde pour qu'il fasse surgir Pieuvre. Émile, pendant ce temps, tu attires l'attention d'un policier vers la péniche. Quand tu reviens, on désarme Fréhel et on lui enfile les moufles. Il marche difficilement à cause de sa jambe artificielle, donc cela ne devrait pas être trop dur. Quand le policier verra Pieuvre disparaître, il sera bien obliger d'écouter notre histoire.

« Avec toutes les affiches placardées aux colonnes Morris, songea Marie, ça serait un comble si les policiers n'étaient pas au courant des soupçons qui pesaient sur Pieuvre. »

— Et si l'écrivain n'est pas là quand on se lève ? s'inquiéta Émile.

— On attend jusqu'à ce qu'il se pointe.

Les trois autres hochèrent la tête. Marie inspira un grand coup puis donna le signal.

Les quatre membres de la Eiffel Compagnie se levèrent dans un même mouvement. On aurait dit quatre diables bondissant d'une boîte. Mais quatre diables pris à leurs propres facéties. Car à peine avaient-ils dépassé la tête du parapet qu'ils restèrent bouche bée. Face à eux, le quai était vide. Aucune péniche n'était amarrée.

— Merde ! dit Anatole. Où est la péniche ?

Ils eurent beau inspecter les environs jusqu'à s'abîmer les yeux, il n'y avait aucune trace du bateau. Ni le long des berges, ni sur la Seine.

— Il a dû sentir qu'on était sur ses traces et a levé les amarres, suggéra Émile.

— On a fait gaffe quand on est entrés chez lui, protesta Zacharie.

Pris d'une soudaine colère, Anatole donna un coup de pied au parapet.

— On le tenait, bon sang !

— La bonne nouvelle de son départ, fit Émile en souriant, c'est qu'il ne s'attaquera plus à nous.

— Ah oui ? Peut-être pour un temps. Mais après ? Tu as envie de passer toute ta vie avec cette menace ?

— Moi, dit Marie, je ne tiens pas à livrer mon bois en ayant peur que ce soit Pieuvre qui m'ouvre la porte.

Émile pouvait tenir tête au plus téméraire des enfants de son âge, mais s'il y avait une personne qu'il ne pouvait froisser, c'était Marie.

— Qu'est-ce qu'on fait alors ?

— On passe au plan B, répondit Anatole. On cherche ce F. G. dont Fréhel va accomplir le rêve. En identifiant ce rêve, on aura une chance de retrouver l'écrivain.

— Le hic, intervint Zacharie, c'est qu'il n'y avait aucune trace de ce F. G. dans les Mémoires de Jean Fréhel. Avec F. G., on continue de jouer aux devinettes comme avec Pieuvre.

Il ramassa un bâton qui traînait par terre et le jeta dans la Seine. Il enrageait. L'écrivain préparait son prochain coup. La Compagnie le savait mais était complètement impuissante à l'arrêter.

— Si vous ne l'avez pas trouvé dans les Mémoires, c'était peut-être parce que l'écrivain le connaissait d'avant la guerre, proposa Émile.

— Il faisait quoi avant de porter le fusil, l'écrivain ? interrogea Marie.

— Il était au lycée, répondit Anatole.

— Tu ne m'avais pas dit que ses parents étaient bateliers ? objecta Émile.

— Si, mais quand ils ont vu que leur gamin savait mieux tenir un stylo qu'un gouvernail, ils l'ont mis en pension.

— Où ? interrogea Marie.

— À Paris. Dans le quartier qu'on appelle le Marais. Ce n'est pas très loin d'ici.

— Hey, si Fréhel avait accosté ici, observa Zacharie, retrouvant soudain l'espoir, c'est peut-être pour aller voir ce F. G.

— Impossible, dit Émile en secouant vigoureusement la tête. Il n'y a aucun pensionnat dans le quartier.

— Qu'est-ce que tu en sais ? lui demanda Zacharie.

— Zacharie, tu oublies que tu as devant toi l'organisateur des compétitions interécoles de grimaces et de crachats de pépins de raisin. Je suis capable de te faire la liste de toutes les écoles du quartier et aucune n'est un pensionnat.

Zacharie regarda Anatole pour savoir si Émile pouvait être si sûr de lui. Anatole hocha la tête.

Émile fronça les sourcils.

— À moins que… Il y a une école, Les Francs-Bourgeois, qui est tenue par des curés. Je connais le pion là-bas. Je crois qu'à une époque ils accueillaient exceptionnellement des internes.

— Ça vaut le coup d'aller voir, dit Marie.

— Oui, fit Anatole. On n'a rien à perdre.

17

De la vermine dans le sous-sol de Denfert-Rochereau

Contrairement à ce qu'avait pensé Émile, l'écrivain n'avait pas déménagé dans la matinée parce qu'il se croyait observé. En vérité, il n'avait même pas remarqué la visite nocturne des enfants. Non, s'il avait suivi le cours de la Seine et avait accosté là où le fleuve verse une larme sur le bois de Boulogne avant de quitter Paris, c'était pour partir en quatrième vitesse immédiatement après son prochain coup. Car aujourd'hui était le grand jour.

L'écrivain fouilla dans le tiroir de son bureau et y prit deux stylos. Il était hors de question qu'il soit à court de matériel durant l'opération.

Il quitta la péniche et rejoignit le boulevard qui longeait les berges. Un flot saccadé d'automobiles s'écoulait sur la chaussée pavée. Il héla un taxi qui passait et demanda au chauffeur de le conduire au métro Denfert-Rochereau. Il avait loué à proximité une petite maison à un étage.

Une fois déposé par le taxi devant la demeure, il glissa une grosse clé en fer dans la serrure et entra, se prenant de plein fouet l'odeur de terre que les travaux de la semaine avaient remontée du sous-sol.

Les volets étant fermés, seul le filet de lumière pénétrant par la porte éclairait le vestibule. L'écrivain s'empara de la lampe à pétrole posée au sol et l'alluma. De gros sacs de jute occupaient le moindre centimètre carré du sol. Des formes pointues saillaient de toutes les sacs, comme si des êtres enfermés à l'intérieur cherchaient à s'en échapper.

L'écrivain se fraya un chemin à travers cet amas et, au milieu du seul espace dégagé de la pièce, souleva une trappe qui ouvrait sur le sous-sol. Il descendit une échelle et se retrouva dans un long couloir horizontal, bas de plafond, creusé dans le calcaire. C'était un ancien boyau d'exploitation de carrières souterraines. Il prit à droite, atteignit une bifurcation au bout d'une trentaine de mètres, et, des deux galeries, emprunta celle qui descendait en pente douce.

Jean Fréhel aurait été incapable de dire combien de fois il s'était égaré dans le réseau de tunnels avant de trouver à coup sûr le bon chemin. Il avait bien un plan, mais sans point de repère dans les galeries, le plan se révélait aussi utile qu'une boussole dans le rayon aimants d'une quincaillerie.

Il arriva à destination quinze minutes plus tard.

Il s'estimait être un spécialiste de la terreur. Mais chaque fois qu'il pénétrait dans cette salle, son sang se glaçait.

Toute en longueur, la salle était un ancien ossuaire. Autrefois, quand les concessions des cimetières parisiens arrivaient à terme, on entreposait ici le contenu des cercueils pour faire place aux nouveaux venus. Tibias, fémurs, clavicules, crânes s'entassaient par milliers le long des murs. Un vrai grand magasin de l'horreur.

Il déposa la lampe au sol, fit apparaître Pieuvre et lui ordonna sur son carnet de se livrer à la même besogne que les nuits précédentes : *Pieuvre ramasse à grands coups de pelle les ossements.*

Pieuvre saisit l'outil qui était posé contre un mur et fit jouer ses puissants muscles pour le planter dans l'amas d'ossements. À la première pelletée, le tranchant de l'outil vint ouvrir en deux un crâne, faisant entendre un craquement.

— Doucement, il nous les faut entiers, dit l'écrivain pour lui-même, sachant bien que le seul langage compris par Pieuvre était celui écrit de sa main.

Pieuvre s'aida de son pied pour retirer la pelle du crâne et planta la pelle à un autre endroit.

Vers dix-sept heures, la créature avait fini de remplir les derniers sacs. En deux trajets, elle les apporta au logement.

Pour parachever son ultime mission, l'écrivain avait acheté des uniformes militaires dans un magasin vendant du surplus de l'armée. Ils étaient enfermés dans des sacs, dans un coin de la pièce. Il ordonna à Pieuvre de déballer le contenu.

Les uniformes étaient un peu dépareillés. Certains avaient un manteau de simple troufion, d'autres des vestes d'officiers. Mais tout ça ferait l'affaire.

La partie allait pouvoir commencer.

18

F.G.

La façade de l'école des Francs-Bourgeois était si haute qu'avec la perspective, on avait le sentiment que les murs s'élevaient en oblique. Émile se posta sous une fenêtre du deuxième étage de l'école et siffla à l'aide de deux doigts dans la bouche. Quelques instants après, la fenêtre s'ouvrit et un visage de jeune homme coiffé d'un bonnet noir enfoncé jusqu'aux oreilles apparut. Émile lui cria de descendre. À la surprise du reste de la Eiffel Compagnie, l'individu ne protesta pas et referma la fenêtre.

— Ce type va nous aider, dit Émile en se retournant.

— C'est qui ? demanda Marie.

— Zacharie, tu te souviens de la démonstration que tu nous as faite avec tes oreilles. Eh bien, lui la surpasse largement. C'est le champion toutes catégories du mouvement d'*une seule* oreille. J'ai organisé des compétitions avec lui. Il est pion ici.

Trente secondes plus tard, le jeune homme sortait de l'école. Il devait avoir dans les vingt ans et boitait lui aussi, tout comme l'écrivain.

— Du boulot pour moi, Émile ?

— Ouais, mais pas celui que tu crois. Je cherche des renseignements sur un gars qui est peut-être passé dans ton bahut, Jean Fréhel.

— Jean Fréhel, l'écrivain ? L'auteur des aventures de Pieuvre ?

— Oui, tu le connais ? Est-ce qu'il a été pensionnaire ici ?

— P't'être bien…

Il avait laissé traîner sa phrase de telle manière qu'aucun doute ne planait sur ce qu'il demandait pour délier sa langue. Émile s'adressa aux autres et leur demanda de sortir l'argent qu'ils avaient dans leurs poches. Il ramassa le tout et lui tendit la somme.

— Et en prime tu leur fais une démonstration de tes exploits, ajouta Émile, qui en voulait pour son argent.

Le surveillant compta les pièces et dut juger la somme suffisante car il ôta son bonnet. Les membres de la Eiffel Compagnie découvrirent qu'il n'avait qu'une seule oreille, la gauche. À la place de l'oreille droite il n'y avait qu'un bout de peau rougeâtre collé au crâne. Il contracta les mâchoires et, par la force des choses, seule l'oreille gauche bougea ; son infirmité faisait de lui un expert involontaire du mouvement d'une oreille.

— Tout le monde ici connaît Jean Fréhel, dit le pion en remettant son bonnet. C'est un peu la célébrité de l'école. On est tous fiers qu'il soit écrivain maintenant.

— Donc Fréhel a bien été pensionnaire ? interrogea Anatole.

Le pion regarda de haut Anatole.

— C'est qui lui ?

— Réponds à ses questions, à lui et aux deux autres, si tu veux bien, dit Émile. Tous les quatre, on est… (il s'arrêta pour chercher ses mots) une association.

Le jeune homme fit la moue, mais finit par parler.

— Fréhel a été pensionnaire pendant six ans ici. Il a eu de la chance. Les curés ne prennent chaque année qu'une poignée d'internes. Fréhel en a fait partie parce qu'il avait une bonne plume. Qu'est-ce que vous voulez savoir au juste sur lui ?

— On veut savoir s'il avait quelqu'un de son entourage qui portait les initiales F. G.

La requête d'Anatole fit sourire le jeune homme.

— Qu'est-ce que c'est que cette blague, Émile ? C'est encore un de tes concours à la noix ?

— Non, c'est très sérieux, répondit Émile.

— Comment voulez-vous que je sache ça ?

— Cela pourrait être les initiales d'un copain ou d'un professeur ? glissa Anatole. A priori quelqu'un qui serait mort depuis.

— Ma réponse est que j'en sais fichtrement rien. Mais si ça peut vous faire plaisir, on jette un œil dans les affaires qu'il a laissées là.

— Vous les avez toujours ?

— Tu parles si on les a ! Elles sont conservées comme des reliques. Je te dis, c'est une célébrité ici, Fréhel.

Le pion fit glisser son pouce sur son index et son majeur.

— Seulement, va falloir un petit supplément pour faire la visite. C'est que je prends des risques moi à introduire une « association » (il prononça ce mot en ricanant) dans les murs de l'école.

— On t'a donné tout ce qu'on possédait, dit Émile. Mais je te promets tous les bénéfices du prochain concours de mouvement d'oreilles.

— Ça marche. Vous me suivez en silence.

La petite troupe s'engouffra dans l'entrée surplombée d'une frise de statues comme on en décore le porche des églises. Il les mena dans une cour puis à un escalier en colimaçon qui montait jusqu'aux combles. Ils croisèrent un curé vêtu d'une soutane. Il se mit alors à faire semblant de les disputer, leur criant qu'ils verraient ce qu'ils verraient s'ils recommençaient leurs âneries. La diversion réussit : le curé s'éloigna sans faire attention à la Eiffel Compagnie.

En haut de l'escalier, le pion s'enfonça dans un couloir éclairé par des fenêtres et s'arrêta devant une des portes en bois.

— C'est sa chambre. Quand il est parti à la guerre,

il a eu l'autorisation d'y laisser des affaires. Personne ne l'a habitée depuis son départ. Elle n'a même pas été rangée, je crois.

Tandis qu'il tournait une clé dans la serrure, un sentiment étrange s'empara des membres de la Eiffel Compagnie. Tous eurent la sensation qu'ils n'allaient pas juste pénétrer dans la chambre d'un pensionnaire d'internat. La chambre d'un enfant était bien plus qu'une pièce meublée pour y dormir et étudier. C'était un condensé de ses aspirations et de ses rêves.

La porte s'ouvrit sur l'obscurité. Le pion entra et disparut dans le noir. On entendit un bruit de battant de fenêtre puis le grincement d'un loquet de volets, et la lumière pénétra enfin dans la pièce. Elle était petite – à peine une quinzaine de mètres carrés – et sentait la poussière. Un lit en fer, une commode, une large armoire et un bureau. Sur les murs étaient punaisés des dessins de bateaux, en particulier des péniches, tous finement réalisés. En plus de savoir raconter des histoires, Fréhel avait un bon coup de crayon.

— Fouillez partout, ordonna Anatole aux autres. Il faut qu'on déniche ce F. G.

Comme une équipe de policiers rodés, ils se déployèrent dans la chambre à la recherche d'indices. Le pion les observait faire, un brin amusé par ces jeunes qui se prenaient pour des détectives.

Marie examina une maquette faite d'allumettes posée sur la commode. Fréhel partageait manifestement avec elle une prédilection pour les avions. La jeune fille reconnut un fleuron de l'aviation française. Il y avait un personnage aux manettes de l'avion. Constitué d'allumettes lui aussi, il était évidemment grossier, mais on s'apercevait sans peine qu'il tenait le manche à balai d'une main et la mitraillette… des deux autres.

Elle appela Anatole et Zacharie et leur montra le drôle de pilote à trois bras.

— Pieuvre, observa Zacharie. Fréhel l'avait déjà inventé quand il a séjourné ici.

Émile sortit la tête de l'armoire en se pinçant le nez.

— Ça pue la naphtaline là-dedans. Y en a assez pour arrêter une armée de mites. Regardez ce que j'ai trouvé.

Il extirpa des étagères une tenue rouge qui chatoyait sous le soleil du début d'après-midi. On avait cousu sur la poitrine un rond vert duquel partaient des espèces de tentacules. C'était en plus petit la tenue que portait Pieuvre lors du match de catch contre Crocs.

— Faut croire que Fréhel aimait déjà le catch et qu'il se prenait pour son héros, commenta Émile.

— Tout ça ne nous dit pas qui est F. G., dit Anatole. Continuez à chercher.

Anatole remarqua des sillons creusés dans le parquet au pied du meuble ; comme si on l'avait déplacé à plusieurs reprises.

— Aidez-moi, s'il vous plaît.

L'armoire mesurait bien deux mètres de long, mais

ils n'eurent à quatre aucun mal à la bouger. Anatole fut déçu car le mur de derrière ne recelait pas de cache. Mais ce fut avant de jeter un œil, par acquit de conscience, au dos du meuble. Il était constellé de lettres d'imprimerie découpées dans des journaux et disposées de façon à former un dessin.

Pieuvre en uniforme de soldat y avançait au milieu d'une rue. Sa gueule béante était garnie de petits crocs. Une armée de squelettes le précédaient, terrifiants. Les nombreux habitants de la rue tentaient de fuir, mais étaient rattrapés soit par Pieuvre qui les amenait vers sa gueule, soit par les squelettes qui leur cassaient les membres en deux. Un habitant était représenté en gros au premier plan. La peur se lisait sur son visage.

Derrière les immeubles, au loin, apparaissait la tour Eiffel : la scène se déroulait à Paris.

Un ensemble compact de lettres représentait chaque élément du tableau : des *P* pour Pieuvre, des *H* pour les habitants… Malgré l'économie de moyen, de l'œuvre émanait un sentiment de malaise.

— Y a un truc bizarre, dit Anatole. Les squelettes ne sont pas dessinés comme les autres parties du dessin. Pieuvre est constitué de *P*, les habitants de *H*. Logiquement, les squelettes auraient dû être faits de *S*. Regardez par quoi Fréhel les a remplacés.

— Des *F* et des *G* ! observa Marie. Dans les squelettes, y a que des suites de *FG*, *FG*, *FG*… !

— … comme le F. G. qu'on cherche, déclara Anatole.

— Mince alors ! Pourquoi Fréhel a fait ça ? demanda Zacharie.

— P'têt' que F. G., c'est le nom du squelette, proposa Émile. Enfin, j'veux dire, de la personne qui est devenue squelette.

Émile se tourna vers le pion et le pria de venir jeter un œil.

— Les squelettes sont faits avec les lettres *FG*. Ça te rappelle toujours personne ?

Le pion secoua la tête.

— Tout ce que m'inspire ce truc de tordu, c'est le roman d'horreur qu'écrivait Fréhel avant de partir à la guerre. Il voulait que ça foute les jetons sévère. Il voulait que Paris résonne des cris d'effroi des lecteurs. Il avait déjà le titre, *Frousse générale*. Désolé, c'est tout ce à quoi ça me fait penser.

« Frousse générale ».

Cela fit tilt simultanément chez les membres de la Compagnie.

« F. G. » comme « frousse générale ».

Les membres de la Eiffel Compagnie échangèrent un regard terrifié. Ce n'était pas le rêve d'un autre soldat qu'il restait à l'écrivain à accomplir. C'était le sien : administrer à Paris une frousse comme la capitale n'en avait jamais connue.

De retour dans la rue, Anatole se tourna vers ses camarades, l'air réfléchi. Tous se posaient la même question : comment Fréhel allait atteindre son but.

— Voyons, Pieuvre est le seul personnage qu'il

peut créer à partir de rien. C'était la conclusion d'une des expériences destinées à tester son pouvoir.

— Oui, dit Zacharie, tout le reste doit être animé à partir d'une matière préexistante, comme le golem des légendes qu'on façonnait avec de l'argile.

— Donc pour animer des squelettes, il a besoin d'os, de préférences humains.

— Où peut-il en récupérer ? Dans un cimetière ? suggéra Marie.

— Je ne crois pas. S'il veut être fidèle à son rêve d'enfance, il lui faut de grandes quantités d'ossements. Il existe des endroits plus simples pour en obtenir que dans les cimetières.

— Où ?

— Dans les catacombes. Les ossements y sont entassés par millions.

— Et est-ce qu'il y a des catacombes à Paris ? demanda Zacharie.

— Oui, sous le 14e arrondissement. L'entrée principale est au métro Denfert-Rochereau. C'est là qu'il a dû installer son usine à morts-vivants.

19

L'armée des squelettes

Le premier témoin des squelettes – et première victime – fut un tanneur du nom de Marcel Pommier. Les doigts enflés par l'eau des bacs d'essorage, Marcel inspectait une dernière fois les peaux qui pendaient aux séchoirs de son atelier. Il souriait à l'idée de rejoindre ses collègues d'ici dix minutes au bar d'à côté. Il fut donc bien contrarié quand son chien déboula avec un long os dans la gueule. L'animal déposa sa trouvaille aux pieds de son maître et remua fièrement la queue.

— Satané chien, où est-ce que t'es encore allé chercher ça ? C'est à côté, hein, chez le type qui boite ?

À travers la porte entrebâillée de la maison, Marcel avait une fois aperçu des ossements traînant sur le sol. Le propriétaire, qui avait perçu son étonnement, avait cru nécessaire de se justifier : « Ces os sont pour mon chien. » L'explication n'avait pas convaincu Marcel – il n'avait jamais vu de chien traîner là-bas –, mais si c'était son truc au type de collectionner les os, que diable, qu'il le fasse !

— Allez viens, dit Marcel en ramassant l'os. On va rendre ça à son propriétaire. Ensuite, j'te paye une gamelle d'eau.

Il traversa la rue et frappa à la porte de la maison. Quelqu'un s'approcha en sautillant sur une jambe. Quand la porte s'entrouvrit, Marcel tendit l'os en voulant balbutier un mot d'excuse, mais aucun son ne sortit de sa gorge. Un squelette se tenait dans l'entrebâillement. Pas un de ces squelettes appelés Oscar et qui servaient à apprendre l'anatomie aux bambins. Non, un squelette dont les articulations bougeaient réellement : un squelette… vivant.

— Merci, c'est justement la pièce qu'il me manquait, dit le squelette.

Le squelette prit l'os et l'accrocha au bout de son fémur droit, qui pendait sans son prolongement habituel. Il était maintenant complet, à l'exception du pied qu'il lui manquait à l'extrémité du tibia.

Le squelette tourna ses orbites vides vers la chaussure de Marcel.

— Vous me prêtez votre pied ? dit-il.

Avant que Marcel comprenne ce que signifiait cette requête, le squelette lui attrapa le pied, auquel il fit faire un tour de 360° autour de la cheville. Le cartilage et les tendons craquèrent comme des allumettes rompues. Le squelette arracha le pied qui pendouillait comme une masse de chair morte. En hurlant, Marcel s'effondra dans la mare de sang répandue par sa jambe sectionnée sur le pavé humide.

Après s'être équipé du pied de Marcel, le mort-vivant enjamba le tanneur pour se retrouver dans la rue. Avant de sombrer dans l'inconscience, Marcel aperçut derrière la porte une armée entière de squelettes s'apprêtant à faire de même.

Les squelettes envahirent les rues comme de la vermine.

L'écrivain n'ayant pu récupérer suffisamment d'uniformes militaires, seule une partie d'entre eux étaient vêtus comme des soldats. Les autres étaient dans leur plus simple appareil de squelette.

Les plus terrifiants étaient de loin les soldats. Quand un habitant entendait frapper à sa porte et qu'en ouvrant il découvrait sur le seuil un squelette, casque vissé sur le crâne et long manteau gris sur les épaules, que se disait-il à votre avis avant de devenir l'heureux propriétaire d'une maison cirée au jus de cervelle ? Il pensait : « Ils sont revenus ! Les soldats tombés à la guerre sont revenus ! »

Voir un squelette marcher aussi aisément qu'un vivant était en effet une chose (un vieil homme assis sur les toilettes au fond d'une cour n'y résista pas, d'ailleurs : son cœur lâcha après qu'il eut crié son besoin de papier et qu'il vit débarquer pour le dépanner non sa fille mais un tas d'ossements sur pattes).

Avoir devant soi un fantôme de la guerre en était une autre.

De nombreux habitants de l'arrondissement périrent ainsi, cloués sur place par leur propre peur, avant même d'avoir eu le temps d'envisager la fuite ou un moyen de défense. Une femme qui finissait de laver du linge vit une silhouette s'approcher d'elle, la tête recouverte d'un des draps qu'elle avait mis à sécher ; elle demanda à son fils d'arrêter ses plaisanteries et tira sur le drap ; l'expression de terreur qu'elle arbora alors ne disparut que lorsque le squelette agrippa la peau de son visage et la décolla comme une pelure d'orange.

La résistance était de toute manière perdue d'avance face à une telle armée. Ainsi, quand Maurice Vergnolles, un boucher-charcutier, vit un squelette débouler dans sa boutique, cinq bons mètres les séparaient tous les deux. Le mort-vivant n'était qu'une sorte de mosaïque d'os disparates ayant appartenu à des personnes de taille différente. Reportant les évidents questionnements que suscitait la vision d'un tel être, Maurice mit à profit cette distance pour s'armer d'un de ses couteaux. Le squelette donna l'assaut, mains en avant, tel la créature du docteur Frankenstein. Maurice esquiva sur le côté. Un instant, il hésita à s'attaquer à cet être qui, aussi diabolique fût-il, portait les couleurs des soldats. Ses scrupules se dissipèrent quand le monstre revint à la charge.

Maurice alors feinta, puis balaya horizontalement de sa lame l'épais manteau gris. Le squelette fut coupé en deux aussi sec : la partie basse, des pieds jusqu'aux hanches, tomba en arrière, tandis que la partie haute s'écroulait au sol. Celle-ci, qui n'avait pas fini d'en découdre, s'agrippa aux chevilles du boucher. Maurice sectionna les bras du squelette au niveau du coude et décapita avec hargne ce qui restait d'ossements. Alors seulement, il chercha à comprendre comment ceci pouvait être vrai, comment il y a un instant encore un squelette se tenait debout dans sa boutique. Ses interrogations tournèrent vite court car, alors qu'il reculait, la moitié inférieure du squelette lui fit un croche-patte qui le projeta au sol. Son cou se retrouva à quelques centimètres de la mâchoire du squelette. Un claquement de mâchoire plus tard, Maurice avait dit au revoir au monde à tout jamais.

Deux rues plus loin, Jeannine Hubert, secrétaire dans une imprimerie, crut elle aussi un instant s'être débarrassée de ses poursuivants. Les cris d'angoisse des habitants et le barouf causé par l'armée des morts l'avaient sortie de l'atelier juste au moment où quatre troufions de l'enfer entraient dans sa rue. Gênée dans ses mouvements par une entorse à la cheville, elle avait couru aussi vite que possible pour finalement s'arrêter cent mètres plus loin, une ingénieuse idée en tête.

Elle avait basculé sur le côté une barrique de vin qui attendait d'être rentrée dans une boutique de vins et liqueurs et l'avait envoyée rouler vers ses poursuivants, les prenant pour un jeu de quilles. La rue étant légèrement en pente, le tonneau avait pris de la vitesse et avait percuté les squelettes dans une explosion d'os.

Jeannine avait exulté de joie, mais hélas pour elle, l'écrivain passait devant la rue à ce moment et, d'un coup de plume, il reconstitua les soldats disloqués. La chasse reprit de plus belle. Le lancé de barrique n'avait fait que repousser le destin inéluctable de Jeannine : les squelettes la rattrapèrent, l'enfermèrent dans le tonneau et la lancèrent du haut de la rue ; la jeune femme tourna deux cent cinquante-trois fois sur elle-même et mourut d'une commotion cérébrale avant que le tonneau n'éclate contre un mur.

Tandis que son armée semait la terreur, Fréhel était resté à l'arrière, distribuant ses ordres sur son carnet. Même s'il dirigeait les opérations, il n'avait pas le pouvoir absolu. Vu le nombre de squelettes à commander, il se contentait d'organiser les mouvements généraux de troupes.

La finition était l'affaire des squelettes. Ceux-ci disposaient, comme Pieuvre, d'une certaine autonomie. L'écrivain n'était pour rien par exemple dans le coup de la pelure de visage – et il le regrettait ; c'était une sacrément bonne idée : le squelette avait appliqué la pelure sur son propre crâne, ce qui l'avait rendu encore plus effrayant que ses congénères.

Fréhel avait même été témoin qu'un mort-vivant avait chapardé de lui-même un drapeau tricolore dans une échoppe d'étoffes. Il s'était tapé les mains contre les cuisses en le voyant brandir le drapeau et entonner un chant militaire.

L'écrivain le savait : la rumeur des événements allait se répandre dans Paris comme une traînée de poudre.

Bientôt, toute la capitale allait se croire assiégée par une horde de morts-vivants constituée de ses enfants tombés au champ d'honneur. Non, décidément, même si elle avait bien failli avoir sa peau, l'écrivain remerciait cette garce de guerre. Elle l'avait doté d'un pouvoir qu'il n'aurait jamais osé posséder.

Même dans ses rêves les plus fous.

20

La Eiffel Compagnie rencontre un os

La Compagnie rencontra les premiers signes de la grande peur en arrivant boulevard Saint-Germain. Tels des rats fuyant un navire, les habitants du 6e arrondissement quittaient précipitamment leur habitation. Les mères portaient leurs enfants dans les bras. Des vélos filaient à travers la foule dispersée. Les automobiles étaient prises d'assaut et servaient, bien malgré leur propriétaire, de transport collectif, les passagers clandestins s'asseyant sur le capot et même sur le toit.

Autour des rues venant du métro Denfert-Rochereau, la police avait formé une haie de sécurité, constituée d'agents positionnés aussi régulièrement que des poteaux télégraphiques. Moins pour contenir la calamité que fuyaient les habitants que pour empêcher les curieux d'y risquer leur peau.

Anatole et ses compagnons longèrent ce cordon à la recherche d'une brèche. Il fallait absolument qu'ils rejoignent Denfert-Rochereau. Eux seuls connaissaient les pouvoirs de l'écrivain et sauraient y mettre un terme.

D'après les bribes de conversation que la Compagnie captait, les policiers n'avaient qu'une vague idée de l'ennemi qu'ils affrontaient. Des brigands travestis en soldats selon certains, une bande d'assassins grimés en squelettes pour d'autres.

Au loin, de l'autre côté de cette barrière, la Eiffel Compagnie apercevait les cavaliers de la Garde républicaine, qui avait été appelée en renfort. Leur casque était orné d'une queue de cheval qui tombait jusque dans le creux du dos. Ils inspectaient les moindres recoins des rues qui avaient été vidées de leurs occupants. Au vu du calme qui régnait dans leurs rangs, les enfants se dirent qu'eux aussi n'avaient pas encore perçu la véritable nature de leur ennemi.

À un moment, un clochard tractant une poussette d'enfant débordant de babioles fit un scandale. Un policier lui refusait le passage, pour qu'il aille vendre ses bricoles plus loin. Le clochard se mit à se débattre en beuglant des insultes à l'encontre de l'uniforme. Malgré son état de déliquescence, il avait la force d'un taureau et obligea un autre policier à quitter son poste pour venir épauler son confrère.

La Eiffel Compagnie profita de cette absence pour s'infiltrer dans la zone interdite.

Les enfants s'approchèrent du métro en contournant la Garde républicaine. Une ambiance de mort planait dans les environs. Les rues et les habitations étaient désertes.

Ils virent leur premier squelette au bout de dix minutes. Il était en train de persécuter un enfant blotti entre deux voitures. Il avait dans la main un œil humain énucléé sur une victime et duquel pendaient des nerfs sanguinolents. Il introduisait l'œil dans son crâne par l'une de ses orbites vides et le faisait réapparaître par la bouche. Le gosse, terrifié, pleurait en réclamant sa mère. Visiblement, les squelettes possédaient le même humour macabre que leur créateur.

Anatole et les autres armèrent leur fronde et tirèrent. Le squelette eut juste le temps de se tourner vers eux avant d'être atteint au niveau des côtes et des bras par quatre grosses pierres. Il se démantibula. Les enfants bondirent sur les restes et les jetèrent aussi loin qu'ils purent. Après quoi Émile plaça une planche sur le crâne dont les mâchoires – toujours vivantes, si l'on peut dire – tentaient de les mordre, et sauta dessus à pieds joints. Quand il retira la planche, le crâne n'était plus qu'un amas d'os inerte.

— Ouais, on l'a eu ! crièrent les membres de la Compagnie en se tapant dans les mains.

Marie s'approcha du gamin.

— C'est fini, p'tit, dit Marie. Maintenant, faut

qu't'ailles vers le boulevard Saint-Germain. Tu sais où c'est ?

Il montra la bonne direction.

— Ouais, c'est ça. Allez, grouille-toi les fesses.

Marie resta un instant à regarder le môme courir, se demandant s'il y avait bien quelqu'un pour l'accueillir de l'autre côté du cordon de sécurité, des parents toujours en vie.

— Si on dégomme comme ça tous les squelettes, on n'aura pas fini dans un mois, fit remarquer Zacharie.

— Zacharie a raison, dit Anatole, s'il y en a autant que sur le dessin au dos de l'armoire, ils finiront par avoir notre peau avant qu'on ait la leur.

— Vous avez vu les gars ? demanda Émile, le squelette a réagi à notre présence sans que l'écrivain soit là.

— C'est ce que Fréhel indiquait dans ses Mémoires. Tout ce qu'il fabrique avec son stylo ne suit pas strictement ses ordres. C'est plus comme des espèces d'animaux familiers : ils lui obéissent mais s'ils voient un joujou plus intéressant à côté, ils se barrent.

— Il faut qu'on mette à exécution notre plan initial, dit Zacharie. Si on empêche l'écrivain d'écrire, les squelettes finiront tous par mourir.

— Comment tu veux faire avec toute cette garde rapprochée ? demanda Émile. On n'aura pas atteint Fréhel que l'armée des squelettes sera sur notre dos.

— J'ai une idée, dit Marie.

Elle proposa qu'elle et Émile servent d'appât. Il aurait pour objectif de regrouper les squelettes et de les attirer loin de l'écrivain. Durant ce temps, Zacharie et Anatole, les meilleurs frondeurs de la Eiffel Compagnie, désarmeraient Fréhel comme prévu lors de l'assaut raté de la péniche. Si le premier groupe tenait tête suffisamment longtemps aux squelettes, la magie de l'écrivain finirait par les quitter.

— Ça marche pour moi, dit Émile.

— Pour moi aussi, fit Zacharie.

— Idem, ajouta Anatole.

Les enfants se souhaitèrent bonne chance et Zacharie et Anatole prirent la direction du métro Denfert-Rochereau.

Marie et Émile ramassèrent au sol tout ce que le coin comptait d'objets potentiellement bruyants, en fait surtout de la ferraille et des casseroles ébréchées. Puis ils s'invitèrent dans un bazar désert où ils pensaient trouver également de quoi sonoriser leur défilé. En passant de l'autre côté du comptoir, ils découvrirent le corps inanimé du propriétaire de la boutique. Deux phalanges de doigt décharné étaient plantées dans une de ses oreilles, de laquelle s'écoulait un filet pourpre de sang. Marie réprima un haut-le-cœur et enjamba le corps pour attraper les pétards et les allumettes posés sur un présentoir.

De retour dans la rue, ils fixèrent tout leur arsenal sonore à une corde dénichée aussi dans le bazar. Marie gratta une allumette et embrasa les unes après les autres plusieurs mèches. Ils saisirent chacun une extrémité de la corde et après un hochement de tête collectif se mirent à courir dans la direction approximative de la masure de l'écrivain.

En cognant contre les pavés, leur attirail rivalisait au niveau sonore avec une fanfare. Au bout d'une dizaine de secondes, les pétards entrèrent en scène, transformant la fanfare en un vacarme digne d'un champ de bataille.

Marie et Émile coururent ainsi dix bonnes minutes à travers le quartier, Marie se chargeant d'allumer régulièrement de nouveaux pétards. Le tintamarre attirait tous les squelettes qu'ils rencontraient. Interloqués par le bruit, ils tournaient leurs orbites vides vers les deux membres de la Eiffel Compagnie et prenaient aussitôt en chasse leurs nouvelles cibles.

Marie et Émile le découvrirent avec bonheur, la course des squelettes se rapprochait plus de la marche accélérée que de l'enchaînement de longues foulées. Cette relative lenteur accordait à leur mission une chance de réussir.

Deux cavaliers de la Garde républicaine alertés par le chahut arrivèrent au galop. À la vue des êtres qui talonnaient les enfants, ils dégainèrent l'épée qu'ils portaient à la hanche et chargèrent l'armée des morts. L'un réussit à désosser six squelettes avant d'être renversé. Les squelettes le tirèrent avec une force herculéenne par les bras et les jambes et le démembrèrent. Le second cavalier fourra son épée dans une bonne dizaine de soldats zombies, constatant, désespéré, que les squelettes étaient bien ce qu'ils paraissaient, c'est-à-dire des morts-vivants, se fit hara-kiri.

À la vue de la mort violente des gardes républicains, Émile se figea.

— Émile, nom de Dieu, qu'est-ce que tu fous !

Marie tira sur la manche d'Émile aussi fort qu'elle le put, mais son camarade ne cillait même pas. Voyant les squelettes délaisser leurs victimes pour s'intéresser à nouveau à eux, elle employa les grands moyens et le gifla. Il battit des paupières et la regarda comme s'il se réveillait.

Ils tournèrent les talons, et une décharge d'adrénaline les traversa de part en part. Des soldats de l'armée des morts arrivés des rues adjacentes leur barraient la route cinquante mètres plus loin. Ils cherchèrent une échappatoire, mais les squelettes avaient aussi conquis l'autre seule issue, une ruelle au sol sableux qui partait sur leur droite. Derrière, devant, sur le côté : ils étaient encerclés.

Marie dénoua de leur corde musicale une barre de métal ainsi qu'une casserole percée dont elle se servirait comme bouclier. Émile arracha un morceau de cerclage rouillé à un vieux tonneau qui était renversé sur le bas-côté.

L'armée des morts se mit en branle dans un concert de grincements d'orteils sur le pavé humide. Le sort des enfants reposait désormais entre les mains de Zacharie et Anatole.

21

Une explosion à Denfert-Rochereau

Un vent glacial s'était mis à souffler, une espèce de blizzard d'avant l'heure qui faisait tourbillonner les feuilles mortes jonchant les rues. En remontant son col jusqu'au menton, Zacharie se demanda si les squelettes craignaient le froid. Après tout, c'était difficile d'être en plus petite tenue qu'eux.

Plus loin dans la ruelle, Anatole lui fit signe de rappliquer. L'expression sur son visage indiquait qu'ils avaient trouvé leur cible. Zacharie accéléra le pas et rejoignit Anatole à l'orée d'une place circulaire ceinte d'un auvent en bois.

Pieuvre et l'écrivain étaient là. L'un à la lutte avec des cavaliers de la Garde républicaine. L'autre en retrait, occupé à griffonner sur son carnet. Les corps de plusieurs gardes républicains gisaient dans des mares de sang, accompagnés de la dépouille de leur monture.

Zacharie et Anatole se réjouirent de l'absence de squelettes dans les environs, signe que le stratagème avait réussi. Avec leur vacarme – et bon sang ils en avaient fait du barouf ! –, Marie et Émile avaient éloigné les ossements sur pattes.

L'écrivain suivait le combat de sa créature en levant par moments le nez de son carnet. Il arborait l'extrême concentration des sportifs. Dans un sens, c'était lui qui bataillait. Pas Pieuvre.

Les garçons s'approchèrent et se dissimulèrent derrière une voiture. Une quinzaine de mètres les séparaient de Fréhel. Zacharie touchait une allumette à cette distance.

— À trois on y va, d'accord ? fit Anatole.

Ils sortirent de leur poche leurs munitions et les étalèrent sur le sol. Ils en prirent une, la placèrent dans le creux de la fronde et préparèrent l'arme.

— Un… deux… Trois !

Les deux pierres, grosses comme des œufs de poule, fusèrent droit vers l'écrivain. Celle d'Anatole se contenta d'écorner le carnet, mais celle d'Émile toucha au but : elle frappa le dos de la main droite de Jean Fréhel, celle avec laquelle il écrivait.

L'écrivain poussa un cri de douleur. Il eut à peine le temps de lever les yeux pour chercher ses assaillants qu'aussitôt il reçut deux nouvelles pierres. Cette fois, toutes deux atteignirent leur cible : d'une part la main droite, et d'autre part le carnet, qui tomba.

L'écrivain réagit en se protégeant le visage avec son bras et en plaçant sa main droite à l'abri derrière son dos. Les garçons s'étaient demandés sur le chemin si Fréhel était ambidextre. Visiblement non : il accordait plus d'importance à son visage qu'à sa main gauche.

Émile et Anatole continuèrent de le mitrailler alors que Jean Fréhel se repliait vers l'auvent qui encerclait la place.

« Peu importe qu'il protège sa main, se dit Anatole, tant qu'il ne peut pas écrire. Le tout est de l'en empêcher suffisamment longtemps pour que la magie qui anime les squelettes et Pieuvre s'estompe. »

Quand Fréhel fut dos à un pilier de l'auvent, il était devenu intouchable et les garçons cessèrent le feu. Pour récupérer son carnet et son stylo, qui reposaient au sol à cinq mètres de là, il lui fallait maintenant sortir de sa cachette. Anatole regarda si Pieuvre représentait un danger, mais celui-ci, sans contrordre de la part de son créateur, continuait de s'occuper des gardes républicains.

C'est alors qu'une onde de froid extrême frappa Anatole. Elle saisissait ses membres à l'intérieur même de son manteau et de son pantalon. Du givre se déposa sur ses lèvres et les cimenta aussi solidement que la meilleure des colles. Une telle soudaineté était surnaturelle. Anatole se força à garder les yeux ouverts et ce qu'il vit le plongea dans ses anciens cauchemars.

La rue n'était plus la rue et le ciel, plus le ciel. Un blanc cotonneux emplissait l'espace tout entier. Le vent déposait sur le manteau du garçon des petits flocons qui devenaient translucides puis disparaissaient, absorbés par la laine. Au loin, derrière une barrière de barbelés, un sillon noir entaillait l'étendue blanche. Anatole en connaissait la nature. Longtemps, il avait hanté ses nuits.

Anatole fit un pas en avant, faisant crisser la neige. À son côté, Zacharie avait disparu.

— Anatole Eiffel ?

La voix, comme ce qui l'entourait, ne pouvait provenir que d'un seul homme. Il dégaina sa fronde, pivota et se retrouva face à l'écrivain.

— Du calme, ça ne te servirait à rien, dit l'écrivain. Tu m'as eu une fois par surprise. Tu me n'auras pas une deuxième fois.

Comme pour prouver ses propos, Jean Fréhel écrivit quelques mots sur un carnet et la fronde quitta aussitôt les mains d'Anatole pour se transformer en un amas de flocons de neige, qui se dispersèrent, emportés par le vent. Ni le carnet ni le stylo qu'utilisait l'écrivain n'étaient ceux que Zacharie et lui avaient mis à terre – Jean Fréhel aussi avait prévu ses munitions.

Anatole ne s'estimait pas perdu. Il avait une autre carte dans la manche, qu'il sortirait le moment opportun.

— C'est bien toi, Anatole Eiffel, n'est-ce pas ? Je t'ai reconnu à tes cheveux roux. Tu sais que ton directeur d'école ne t'a pas à la bonne : l'élève qui se prend pour Sherlock Holmes, voilà comment il te nomme dans ton dossier scolaire.

Jean Fréhel parlait d'une voix forte pour être entendu malgré le vent qui sifflait aux oreilles. Anatole ne voyait pas où il voulait en venir.

— Qu'est-ce que vous me voulez ? dit-il.

L'écrivain partit d'un éclat de rire.

— Qu'est-ce que je veux, moi ? C'est le monde à l'envers. Qui de nous deux est venu mettre des bâtons dans les roues de l'autre ? Mais je vais te montrer que je ne suis pas rancunier. Après tout, nous avons beaucoup en commun, tous les deux.

— Ah oui ? Et quoi ?

— Nous avons tous les deux fait la guerre, Anatole. Moi la journée. Toi la nuit, dans tes cauchemars, depuis la mort de ton père. Viens, suis-moi.

Anatole se demanda qui avait parlé de son père à l'écrivain. Probablement Monsieur Muscle. Il se sentit soudain mal à l'aise. Rien du quartier de Denfert-Rochereau ne perçait à travers cette nouvelle réalité qui l'entourait. Pourtant la ville devait bien continuer à exister. Où ? Derrière l'horizon ? Anatole balaya du regard les alentours. Et où étaient Zacharie et Pieuvre ?

— Alors, tu viens ?

Anatole le suivit jusqu'au sillon noir. Comme l'avait imaginé Anatole, le sillon était une tranchée militaire. La neige était grise dedans, car mélangée avec de la boue. Un amas de fusils jonchait le fond du boyau, et au-delà, il y avait un soldat. Il était reclus sur lui-même et grelottait. Ses joues noires étaient aussi creuses que des coquilles de noix. Il tenait ses mains à hauteur du visage, comme s'il soufflait dans un harmonica. Pourtant aucun son n'en sortait.

— Tu ne vas pas le saluer ? demanda l'écrivain.

Les mains de l'homme tremblaient. Il paraissait à Anatole bien réel.

Anatole, perplexe, regarda Jean Fréhel.

— Ne me dis pas que tu ne l'as pas reconnu ! s'écria l'écrivain.

Anatole observa encore le soldat. Un nouveau souffle glacé, mais venant de l'intérieur cette fois, s'abattit sur lui quand il remarqua l'objet de la taille d'une pomme que l'homme approchait de sa bouche.

Anatole sauta dans la tranchée. Dans son esprit, des pensées s'accumulaient comme des nuages noirs avant un orage.

Il s'étala dans la boue, se releva et se précipita sur le soldat pour lui arracher des mains la grenade. Car c'était bien une grenade dont il s'agissait, du même modèle que celle dont son père avait fait son dernier festin. Elle était dégoupillée, mais l'homme la serrait entre ses doigts, l'empêchant d'exploser.

— Tu n'es qu'une illusion ! Une de ces illusions qui tournent la tête à Zacharie ! Mon père est mort !

Anatole ne s'en rendait pas compte, mais il pleurait à présent.

— Tu ne peux pas avaler cette grenade ! Tu n'existes pas !

Au milieu de la confusion qui régnait dans son esprit, il entendit une petite voix. Craignant qu'il ne s'agisse d'un nouveau fantôme de son père, il la rejeta. Mais la voix persista, une voix de jeune homme. Alors il fit ce qu'il put pour chasser la tornade qui agitait ses pensées et l'écouta.

— Sauve-moi, je t'en prie, Anatole. Sauve-moi.

C'était la voix de Zacharie. Elle avait des accents de peur comme Zacharie n'en avait jamais témoigné, même lorsqu'il avait été remonté du fond du puits. La colère qui animait Anatole relâcha un peu son étreinte et le garçon reconnut, masqués derrière le noir qui barbouillait le visage du soldat, les traits fins et anguleux de son camarade.

Anatole aurait donné sa propre vie pour sauver Zacharie, mais la magie de l'écrivain était trop puissante. Bien qu'il y mette toutes ses forces, il ne pouvait arrêter l'inexorable avancée de la grenade vers la bouche de Zacharie.

Zacharie goba la bombe et ce faisant supprima la pression sur l'explosif.

— Désolé, Zacharie, susurra Anatole en fermant les yeux.

Trois, deux… un.

Rien. Pas d'explosion.

Anatole rouvrit les yeux. Autour de lui se dressaient à nouveau les immeubles en pierre de taille de Paris. Le ciel avait recouvert ses teintes sombres. Zacharie était étendu au sol dans ses habits d'origine, secoué mais bien vivant. La grenade, intacte, émergeait d'une flaque d'eau formée entre les pavés.

Anatole comprit que tout ceci n'avait été qu'une mascarade, une farce macabre de l'écrivain. Une fureur comme il n'en avait jamais connu étendit ses ramifications dans son esprit. Il s'empara de la grenade et l'introduisit dans son manteau. Là, il l'échangea avec la vraie grenade qu'il avait sur lui. C'était celle qu'il avait gardée au pensionnat, pensant qu'elle l'aiderait à lutter contre l'absence de son père. La nuit dernière, il l'avait extraite de sa cachette. Il la jeta aux pieds de l'écrivain.

Celui-ci ricana en voyant l'explosif rouler vers lui.

— Pauvre imbécile, tu m'attribues un pouvoir que je ne possède pas. Les grenades sorties de ma plume sont factices, elles n'explosent pas. D'ailleurs, celle-ci ne va pas tarder à disparaître.

Anatole eut juste le temps de se plaquer au sol avant qu'une détonation fracassante n'ébranle toute la place.

Cela fut moins une. Les squelettes formaient un cercle de seulement trois mètres de diamètre autour de Marie et Émile lorsque la magie de l'écrivain expira.

Les morts-vivants se figèrent comme s'ils s'étaient mis tout à coup à jouer à 1, 2, 3 soleil. Puis une mandibule tomba d'une mâchoire. Ce fut ensuite au tour d'un fémur, d'un péroné, d'une côte… Os après os, les squelettes se démembraient. La cadence s'accéléra et bientôt ce fut une pluie d'os qui s'abattit sur les pavés. Les squelettes assistaient insensibles à leur seconde mort.

Le dernier tibia basculait sur le sol lorsque Marie et Émile entendirent l'explosion de la grenade. Ils coururent dans la direction du bruit, le ventre tordu par la peur.

Quand ils arrivèrent sur place, les corps d'Anatole et de Zacharie gisaient sur les pavés. En s'approchant, le garçon et la fille découvrirent que des taches de sang souillaient leur manteau. Ils furent rassurés en constatant que leur pouls battait toujours. Ils cherchèrent des blessures mais n'en trouvèrent aucune.

Ils comprirent que le sang ne provenait pas des garçons, mais de l'écrivain, qui était devenu un puzzle humain : une jambe gisait à un endroit, un bras à un autre, une oreille plus loin… Il ne restait d'arrimé au tronc que la tête, un bras et un morceau de jambe.

— Anatole, réveille-toi, bon sang ! dit Émile en secouant son camarade.

Émile infligea à Anatole une claque qui lui aurait retourné la tête s'il n'avait été inconscient. Anatole entrouvrit un œil.

— Ça va, souffla-t-il. Et Zacharie ?

À dix mètres de là, Marie stimulait Zacharie en lui tapotant les joues. Il reprenait lentement ses esprits. Un sourire arqua ses lèvres et il ouvrit les yeux. Mais Marie ne vit pas entre ses paupières la joie d'être sain et sauf. Elle y vit l'image, réfléchie par le cristallin, d'une silhouette massive à trois bras ; le reflet d'une créature qui avait survécu à la fin de son créateur : Pieuvre. Avant qu'elle n'appelle à l'aide, Pieuvre la projeta en arrière, l'envoyant violemment heurter le sol.

Débarrassé de ce qui s'interposait entre lui et sa proie, Pieuvre lança ses mains en avant comme des tentacules. Zacharie eut juste le temps de reculer en s'appuyant sur ses coudes pour ne pas être chopé à la gorge.

— Pourquoi Pieuvre est toujours debout ? hurla Zacharie, horrifié. Il était supposé mourir avec Fréhel !

— Émile, le stylo ! cria Anatole.

Émile avisa le cadavre de l'écrivain. La main décharnée agrippait encore le stylo. Il courut vers lui et écrivit sur un des débris du carnet : *Pieuvre, redeviens papier.*

Pieuvre avait saisi Zacharie au cou. Les mots d'Émile le stoppèrent net. Une grimace déforma son visage. Il constatait que sa main, puis tout son corps, se métamorphosait en papier. Il ne fut bientôt plus qu'une espèce de cocotte géante de forme humaine. Comme Émile l'avait ordonné, il était retourné d'où il venait. Il mit un pied en avant, mais le fragile édifice s'écroula.

Les garçons se précipitèrent sur le corps immobile de Marie. Sans penser à son geste, Émile posa sa bouche sur celle de Marie. Il le fit maladroitement, sans même souffler de l'air qui n'était pas passé par ses poumons, mais la fraîcheur de ses lèvres stimula la jeune fille. Elle cligna les yeux.

— Ça va ? demanda Émile à la jeune fille.

— Ça va, articula-t-elle. J'ai l'impression qu'on s'est servi de ma caboche comme enclume, mais ça va. Et Pieuvre ?

— Tu n'entendras plus parler de lui que dans les feuilletons, dit Zacharie. Il n'est plus de ce monde.

Les sabots de la Garde républicaine résonnaient au loin.

— Va falloir se remuer, fit Anatole, si on ne veut pas que la cavalerie nous attrape.

Les garçons aidèrent Marie à se relever.

Quand les enfants quittèrent la place, Pieuvre n'était plus qu'un amas de papier que le vent se chargeait de disperser.

22

Bye-bye

Zacharie avait compris qu'il ne pourrait jamais complètement guérir de ses hallucinations. Bien sûr, les événements des semaines passées n'étaient pas véritablement propices à la guérison, c'était le moins qu'on puisse dire. Mais il n'y avait qu'à voir dans quel état l'avait plongé la séquestration dans les sous-sols de l'école. Malgré les soins, le risque d'une rechute existerait toujours. Et cette perspective le faisait enrager. L'armée des squelettes fournissait un sujet sans égal pour un dessinateur et pourtant il n'osait pas puiser dans sa mémoire de peur de déclencher une crise.

Tout aussi inaccessible demeurerait à jamais le mystère de Pieuvre : pourquoi avait-il survécu à son créateur ? Ce qui était certain, c'était que l'écrivain l'avait matérialisé la première fois à la guerre dans un moment de souffrance physique extrême. L'expérience de l'aboutissement de la souffrance, la mort, avait alors peut-être permis à Fréhel d'aller au terme du processus : rendre Pieuvre réel pour de bon.

— Zacharie, viens vite !

Zacharie leva les yeux de son livre d'histoire et regarda l'entrée de la bibliothèque. Émile venait d'entrer, tout excité.

— Quoi ?

— Anatole est sorti du bureau de Monsieur Muscle. Viens, je te dis !

Zacharie laissa en plan ses affaires et suivit presto Émile jusqu'au dortoir. L'empressement d'Émile ne pouvait signifier que le pire : le renvoi définitif d'Anatole. Zacharie ne pouvait y croire. Comme Émile, Zacharie n'avait été puni que d'un renvoi avec sursis, punition assortie d'un courrier aux parents. Le directeur avait bien évoqué une aggravation de la peine dès qu'il aurait contacté un commissaire de police, mais cette menace était restée sans suite.

Dans le dortoir, Anatole vidait son étagère, rangeant les livres dans un grand sac en toile au trois quarts rempli. L'armoire, ouverte, était vide.

— Pourquoi le directeur te renvoie ? protesta Zacharie. Alors qu'on a écopé d'un sursis.

Anatole sourit, comme pour leur signifier de ne pas s'inquiéter.

— Il n'a jamais apprécié que je me passionne pour autre chose que les études. Ce qu'il a fait, il l'aurait fait un jour ou l'autre.

— Mais tu aurais pu justifier notre absence ! C'est injuste, tu sauves Paris de l'écrivain et tu te fais renvoyer !

— La police a désigné comme coupable une bande de malfrats vivant dans les carrières souterraines. Tu voudrais que j'aille à l'encontre de leur version ?

— Oui ! dit Zacharie sans se démonter. Tu aurais dû lui dire que sans toi, il y aurait eu des centaines de morts.

Zacharie tourna les talons et se dirigea vers la sortie du dortoir.

— D'ailleurs, je vais aller lui dire de ce pas.

Anatole fit un clin d'œil à Émile, qui comprit le message. Émile barra le chemin à Zacharie. Zacharie posa sa main sur l'épaule d'Émile et le poussa, mais le garçon tint bon.

— Arrête, Zacharie ! dit Anatole sur un ton plus amical qu'autoritaire. Tu veux te faire mettre à la porte aussi ? Ton année scolaire en a déjà suffisamment pris un coup.

Zacharie bouillonnait intérieurement. Ses efforts auprès du directeur seraient vains si Anatole n'était pas de son côté. Il retira sa main de l'épaule d'Émile.

— Tu ne peux rien faire et moi non plus, ajouta-t-il. L'écrivain lui-même était la seule preuve de notre histoire. Et cette preuve a disparu.

Anatole avait fini son sac. Il enfila son manteau et jeta le sac sur l'épaule.

— Prêt, Eiffel ? demanda Yvan, qui était apparu dans l'encadrement de la porte. Le chauffeur attend.

— Juste un instant, lui demanda Anatole.

Anatole sortit de sa poche un objet long de couleur crème qu'il tendit à Zacharie. Zacharie reconnut le stylo de l'écrivain.

— Je me suis dit que tu aimerais le conserver. Si jamais il te prend de raconter ce qui s'est passé à ton docteur Cerletti, tu pourras lui montrer que tout n'était pas qu'hallucinations.

— Merci, dit Zacharie en prenant l'objet.

Zacharie sentait que tous deux voulaient se témoigner de l'affection réciproque, mais que de la pudeur les en empêchait.

Yvan manifesta son impatience par un raclement de gorge.

— Bon, c'est le moment, dit Anatole. Adieu, les gars.

Zacharie et Émile sourirent. Zacharie regretta que Marie ne soit pas là.

Anatole leur serra simplement la main et quitta le dortoir sans se retourner.

— Tu crois qu'on le reverra ? demanda Émile à Zacharie.

Par superstition, Zacharie se contenta de hausser les épaules. Lorsqu'un groupe d'amis au moment du départ se promettaient de s'écrire et de se revoir, ces belles paroles restaient généralement lettre morte. Il ne voulait pas que cela arrive avec Anatole.

Ils allèrent se poster à l'une des fenêtres qui donnait sur la rue. Anatole arriva sur le trottoir. Une automobile l'attendait. Le chauffeur prit le bagage d'Anatole, l'enfourna dans le coffre, puis fit monter le garçon dans le véhicule, avant de regagner sa place à l'avant.

— Où va-t-il ? demanda Zacharie à Émile.

— Il retourne chez sa mère.

Anatole baissa la vitre arrière et brandit fièrement son poing. Le sigle de ralliement de la Eiffel Compagnie, le *E* entouré d'un cercle, était toujours bien visible.

« Comme un rempart contre la mélancolie », songea Zacharie.

Il baissa les yeux sur le stylo et repensa à l'écrivain. La guerre avait rempli le cœur de Jean Fréhel de haine. Quand l'écrivain avait acquis ses pouvoirs grâce au globe lumineux, il avait décidé de tracer un chemin vengeur avec cette haine. Zacharie ne reproduirait pas cette erreur. Il ne laisserait pas ses crises prendre le pas sur lui. Il éprouva soudain un profond réconfort. Bien que le stylo ait perdu tout pouvoir avec la mort de Fréhel, il ouvrait à Zacharie un nouvel horizon. Il lui soufflait qu'il pourrait retourner ses souffrances à son avantage. Ses hallucinations lui fourniraient la meilleure source d'inspiration dont un dessinateur pouvait rêver. Il deviendrait un grand artiste non pas malgré ses névroses mais avec leur aide.

Ce stylo était en définitive le plus beau cadeau qu'Anatole pouvait lui léguer.

À son tour, Zacharie leva son avant-bras tatoué tandis que l'automobile s'éloignait.

23

Épilogue

Au fond d'un égout, un rat festoyait.

Il se délectait d'une main qu'il avait rapportée de la surface. Il en avait déjà épluchée deux phalanges dont les os apparaissaient aussi lisses que de la pierre polie. Jamais il n'aurait pensé que la chair humaine soit une viande si délicate. Il fallait insister pour arracher les tendons de l'os, mais le jeu en valait la chandelle.

Soudain, mue par une invisible force, la main se mit à trembler. Pris de peur, le rat détala et rata de quelques secondes la boule de lumière qui en jaillit. Elle était aussi légère que l'air. Elle s'éleva et rejoignit la surface par une bouche d'égout. Elle virevolta quelques instants, puis fonça vers la porte entrouverte d'une horlogerie.

Le rat hantait déjà un autre sous-sol lorsque le globe lumineux trouva son nouvel hôte.

TABLE

1. Deux silhouettes encapuchonnées 7
2. Quelques rats dans une culotte de jeune homme 16
3. Des troubles à la Mouffe 32
4. L'aérodrome de Notre-Dame 43
5. Le pendentif en or 50
6. De mystérieuses taches blanches 63
7. Zacharie passe une mauvaise nuit 73
8. S.O.S. au Champ-de-Mars 86
9. Pieuvre tient le haut de l'affiche 102
10. Un deuxième visage connu dans le journal 112
11. Du bazar dans une péniche 120
12. Une pieuvre dans le bourbier 134
13. Une liste de vœux 144
14. Les arroseurs arrosés 156
15. Une odeur de pigeon grillé à la gare du Nord 163

16. L'assaut de la péniche 168
17. De la vermine dans le sous-sol de Denfert-
Rochereau 173
18. F. G. 177
19. L'armée des squelettes 186
20. La Eiffel Compagnie rencontre un os 193
21. Une explosion à Denfert-Rochereau 200
22. *Bye-bye* 211
23. Épilogue 217

« Pour l'éditeur, le principe est d'utiliser des papiers composés de fibres naturelles, renouvelables, recyclables et fabriquées à partir de bois issus de forêts qui adoptent un système d'aménagement durable. En outre, l'éditeur attend de ses fournisseurs de papier qu'ils s'inscrivent dans une démarche de certification environnementale reconnue. »

Composition PCA - 44400 Rezé

Imprimé en Espagne par LITOGRAFIA ROSÉS S.A. (08850) Gava
32.10.2438.3/01 - ISBN : 978-2-01-322438-3
Loi n° 49-956 du 16 juillet 1949 sur les publications destinées à la jeunesse
Dépôt légal : octobre 2008